AQUARIUS

AQUARIUS

AQUARIUS

AQUARIUS

每個人心中都有一座島嶼，
藉文字呼息而靜謐，
Island，我們心靈的岸。

蝴蝶的重量

奈莉・沙克絲詩選

陳 黎 ・ 張 芬 齡 ——譯

一九六六年諾貝爾文學獎得主

奈莉・沙克絲

（Nelly Sachs）

得獎評語

「因為她傑出的抒情與戲劇作品，
以感人的力量闡述了以色列的命運。」

諾貝爾文學獎頒獎辭

瑞典學院常任祕書

安德斯・奧斯特林

像許多猶太血統的德國作家一樣，奈莉・沙克絲遭逢流放的命運。透過瑞典的斡旋，她才倖免於迫害及驅逐出境的威脅，而被接送到瑞典。從此，她在瑞典的土地上以流亡者的身分和平地工作著，日臻圓熟之境而具大家之風，諾貝爾文學獎即是對她努力的肯定。近年來，德語國家認為她是極傑出且極真誠的作家。她以動人的感情力度，描述猶太民族世界性的悲劇，顯現於具有苦澀美感的抒情哀歌與富傳奇色彩的戲劇作品中。她象徵意味濃厚的語言大膽融合了靈巧的現代語彙和古代《聖經》詩歌的韻味。她全然認同其同胞之信念與宗教神祕觀，創造出一個意象的世界——不避諱死亡集中營與焚屍場的恐怖真相，卻又能超越對迫害者的仇恨，純然呈現出面對人類鄙行時所感受的真誠哀傷。她的純抒情創作已合集成《無塵之旅：奈莉・沙克絲詩集》（*Fahrt ins Staublose : Die Gedichte der Nelly Sachs*, 1961）一書，收錄她在二十一個勤勉創作的年頭裡寫成的六部相互關聯的詩作（《在死亡的寓所》、《星群的晦暗》、《而無人知道該如何繼續》、《逃亡與蛻變》、《無塵之旅》、《死亡依舊慶祝生命》）。與此同樣傑出的尚有一系列詩劇，總題為《沙上的記號：奈莉・沙克絲戲劇詩》（*Zeichen im Sand : Die szenischen Dichtungen der Nelly Sachs*, 1962），其題旨或取自「哈西德派」[1]神祕主義幽暗的寶室，但沙克絲賦予了它們新的活力與生動的寓意。在此姑且以神祕劇《伊萊》（*Eli*）為例說明之。此劇敘述一名小孩在他父母被強行帶走之後，對著天空吹奏風笛，請求眾神幫助，而一名在波蘭的德國兵士卻將這名八歲男孩活活打死。具有聖者睿智的鞋匠——米迦勒——努力有成，在鄰村追蹤到罪犯。那名兵士對自己先前所為深感懊悔，在林中相遇時，米迦勒尚未舉手攻擊他，他就整個崩解了。結尾呈示出一種與俗世懲罰無關的神聖正義。

奈莉・沙克絲的作品是現今最能將猶太人的苦難心靈，以極具藝術張力的手法表現出來者，因此，她的作品可說真正符合了諾貝爾博士遺囑中的人道目標。

奈莉・沙克絲女士——你在我國已居住了很長一段時間，先是低調、不為人知的異鄉人，繼而成為貴客。今天，瑞典學院推崇你「傑出的抒情和戲劇作品以感人的力量闡述了以色列的命運」。在此場合，我們很自然地又想起你對瑞典文學所表現的無價的關注，瑞典作家也紛紛譯述你的作品作為回報。謹獻給你瑞典學院的祝福。現在請你自瑞典國王手中接受今年的諾貝爾文學獎。

---

1 「哈西德派」（希伯來語 חסידות，德語Chassidismus，英語Hasidim）是十八世紀猶太人巴爾・謝姆・托夫（Baal Shem Tov，約1698-1760）建立於波蘭的猶太教派。它的特色是強調神祕論、祈禱、對信仰的狂熱和喜悅。

諾貝爾文學獎致答辭

奈莉・沙克絲

1939 年的夏天，我的一名德國女友到瑞典拜見拉格洛芙（Selma Lagerlöf）[1] 請求她為我母親和我自己在瑞典尋求庇護。何其幸運地，我自年輕時代即與拉格洛芙通信，透過她的推介，我對她的國家的關愛也日益增加。瑞典的畫家王子尤金（Eugen）和這位偉大的小說家都曾給予我協助與救援。

1940 年春天，經過幾個月的千辛萬苦，我們到達了斯德哥爾摩。當時丹麥和挪威已被占據；偉大的女小說家也已去世。我們語言不通，但是卻呼吸到自由的空氣。二十六年後的今天，我想起父親每年 12 月 10 日在家鄉柏林所說的話：「現在他們正在斯德哥爾摩舉行諾貝爾獎頒獎典禮。」感謝瑞典學院的選擇，使我今天能置身典禮之中，對我而言，這似乎是一個童話的實現。

逃亡，
何其盛大的接待
正進行著——

裹在
風的披肩裡
陷在永不能說阿門的
沙之祈禱中的腳
被迫
從鰭到翼
繼續前進——

害病的蝴蝶
即將重識大海——
這塊刻有蒼蠅之
碑銘的石頭
自己投到我的手中——

我掌握著全世界的
而非一個鄉國的蛻變。

1 拉格洛芙（Selma Lagerlöf, 1858-1940），瑞典小說家，1909年諾貝爾文學獎得主。她是瑞典第一位獲此獎的作家，也是首位獲此殊榮的女性。

目錄

【沙克絲詩歌選】

在死亡的寓所（1947）

星群的晦暗（1949）

目錄

逃亡與蛻變（1959）

目錄

沙克絲詩歌選

在死亡的寓所

（1947）

噢，煙囪

我這皮肉滅絕之後，
我必在肉體之外得見上帝。
——《約伯記》19章26節

噢，煙囪
在精心設計的死亡的寓所之上
當以色列的肉體如煙般
飄散於空中——
被一顆星所迎接，一個掃煙囪者，
一顆變黑了的星
或者那是一道陽光？

噢，煙囪！
為耶利米[1]與約伯的塵土鋪設的自由之路——
是誰設計了你們且一石一石地砌築
這為煙中之逃亡者鋪設的道路？

噢，死亡的寓所，
動人心目地為

一度是客人的主人布置著——
噢，你們這些手指，
將門檻擺放
如一把介於生死間的小刀——

噢，你們這些煙囪，
噢，你們這些手指
以及如煙般飄散於空中的以色列的肉體！

---

1 耶利米（Jeremiah），《聖經》中猶大國滅國前，最黑暗時的一位先知，《舊約》中《耶利米書》、《耶利米哀歌》等的作者。在沙克絲的詩裡，我們常可讀到她對無垠天空／星空的想望——渴望有某種力量帶她向上飛升，脫離可怖的現實，到一遼闊、自由之境。此首〈噢，煙囪〉即是鮮明之例。

給建新屋的你

有些石頭像靈魂。

——納赫曼拉比[1]

當你翻築新牆——

你的爐子，你的床架，桌椅——

不要為那些已離去的，

將不再與你同住的人落淚

於石頭之上——

否則哭泣會刺穿睡眠，

你仍須保有的短暫睡眠。

不要在鋪床單時嘆息，

否則你的夢將和

死者的汗水溶在一起。

噢，那些牆和廚具

像風鳴琴般敏於感應，

或者像田地般繁殖著你的哀愁，

而他們藉塵土與你認親。

建築吧，當沙漏涓涓滴下，
但不要將時光
連同那遮暗光線的塵土
一起哭泣掉。

---

1 納赫曼拉比（Rabbi Nachman, 1772-1810），猶太教哈西德派第四代拉比。

但，是誰把你們鞋中的沙倒空

但，是誰把你們鞋中的沙倒空
當你們必得起身，走向死亡？
以色列所聚積的沙，
它流浪之沙？
燃燒的西奈山之沙，
融合了夜鶯的喉嚨，
融合了蝴蝶的翅膀，
融合了毒蛇飢餓的灰塵；
融合了所羅門王的智慧遺產，
融合了艾草奧祕中的苦澀——

噢，你們這些手指啊，
把死者鞋中之沙倒空的手指啊。
明天你們將成為塵土
在未來者的鞋中！

一名死去的孩童如是說

我的母親握住我的手。
後來有人舉起離別的刀刃：
為了不讓它傷到我
母親鬆開了我的手。
但是她再次輕觸我的大腿
而她的手淌著血——

接著，離別的刀刃
把我吞食進的每一口切割為二——
它隨著旭日在我眼前升起
在我眼中愈磨愈利——
風和水在我耳中嘎嘎摩擦
而每一聲安慰之語刺痛了我的心——

當我被引入死亡
在最後一刻我仍感覺到
離別的巨大刀刃那出鞘的一擊。

已被天國的慰藉之手輕擁入懷

已被天國的慰藉之手輕擁入懷
神志錯亂的母親站著
用她那撕裂了的心智的碎片
用她那燒焦了的心智的焦黑火苗
埋葬她死去的小孩，
埋葬她失落的光明，
將她的手扭曲成骨甕，
滿裝著大氣中她孩子的軀體，
滿裝著大氣中的他的眼，他的髮，
以及他鼓動的心——

接著她親吻這大氣中的生命
而後死去！

何種血液之祕密渴望

何種血液之祕密渴望
瘋狂的夢以及
千百次遭謀殺的泥土
導致這恐怖的傀儡師成形？

滿嘴泡沫的他
可怖地橫掃過
他圓形、旋轉的行動舞台
將灰白的恐懼的地平線拉長！

噢，塵土之丘，彷彿被邪惡的月所吸引
謀殺者正表演著：

手臂上上下下，
雙腿上上下下，
且以西奈山子民的落日
充當腳下的紅地毯。

手臂上上下下，
雙腿上上下下，
在灰白、拉長的恐懼的地平線上

巨大的死亡星座
像時代之鐘屹立不動。

燭火[1]

我為你點燃的燭火，
顫抖地以火焰之語言與空氣說話。
水自眼中滴落；你的塵土
自墳中清晰可聞地呼喚永生。

噢，貧室中的高貴幽會處。
但願我明白這些元素的含意；
它們表明你，因為一切事物始終
表明你；而我能做的唯哭泣。

---

1 此處所譯〈燭火〉至〈你的眼睛，噢我的愛人〉等六首詩，出自詩集《在死亡的寓所》中由十首詩構成，名為「為死去的新郎的祈禱詞」（Gebet für den toten Bräutigam）的一組聯篇詩作，為其第1、6、7、8、9、10首。沙克絲十七歲時愛上了一位男子，其姓名、身分她自始至終未透露，但顯然是她一生所愛、所敬的對象。這位男子據說是離了婚的非猶太人，因參與反對運動被納粹所拘捕。他於1943年喪身於集中營的噩耗傳至人在瑞典的沙克絲耳中後，激發她寫作了詩集《在死亡的寓所》以及（1943年完成的）詩劇《伊萊》。她隱匿其戀人之名，部分或因她視其為普遍人類的代表，由是將她個人的哀傷轉化為群體的悲痛。因為匿名，「死去的新郎」成為每一個受難者的代稱。

折磨，陌生星球的計時器

早晨的衣服不是
晚上的衣服。
——《光之書》[1]

折磨，陌生星球的計時器，
每分鐘都染上不同色澤的黑暗——
你破碎的門的折磨，
你破碎的睡眠的折磨，
你出發離去的腳步的折磨，
計數殘餘的生命，
你踐踏的腳步，
你蹣跚的腳步，
直到我耳中再聽不見這些腳步。
你的腳步終止於
鐵柵欄前時的折磨——
鐵柵欄後我們思念的草地開始搖曳——
噢時間，以死為唯一的計量單位，
歷此長久演練後，死亡將何等輕盈啊。

1 《光之書》，猶太教神祕哲學的偉大著作。參閱本書〈而後《光之書》的作者書寫著〉一詩譯註。

我看到一個地方

我看到一個地方，有個爐子——
還找到一頂男人的帽子——
噢親愛的，什麼樣的沙子
能懂得你的血？

門檻無門
靜候人踏過——
你的房子，親愛的，我覺得
已全然被上帝用雪覆蓋。

灰色晨光中

灰色晨光中
鳥兒練習甦醒之時——
被死神遺棄的所有塵埃
開始有了渴望。

啊，誕生的時辰，
經歷重重痛苦，一個新生人類的
第一根肋骨如是成形。

親愛的，你塵埃的渴望
在我心頭呼嘯而過。

如果我知道

如果我知道
你最後的目光停留在哪裡就好了。
是一塊喝了太多最後的目光
致使他們盲目地
跌落於它的盲目之上的石頭嗎？

或者是泥土，
足以填滿一隻鞋子，
並且已然變黑
因如此多的別離
以及如此多的殺戮？

或者那是你最後的道路——
自所有你走過的道路帶給你
臨別的問好？

一窪水，一片閃爍的金屬，
或許是你敵人的皮帶扣，
或者上天某個其他的
小徵兆？

或者是地球？

不讓任何人不受眷愛地離去，

經由天空傳送給你鳥的信號，

提醒你的靈魂：它因它

燒焦的肉體之苦而抽搐

你的眼睛，噢我的愛人

我看到他看到

——耶胡達・茲維[1]

你的眼睛，噢我的愛人，

是雌鹿的眼睛，

有著長彩虹般的瞳孔

就像上帝的暴風雨剛過後——

千年時光像蜜蜂般

在裡頭貯存了聖夜的蜂蜜，

西奈山神火最後的火花——

噢，你們這兩扇透明之門，

引我們通向內在之國，

無數沙漠之沙覆蓋其上，

要走多長的磨難才能抵達祂——

噢，已然熄滅的一雙眼睛啊，

你的靈視已墜回

主金色的驚喜中，

其中我們所知唯夢。

1 耶胡達・茲維（Jehuda Zwi，或作Yehuda Zvi, 1891-1982），猶太教拉比，「猶太復國主義」領導者。

獲救者的合唱

我們，獲救者，
死亡已開始自我們的骨骼削修它的長笛，
並在我們的肌肉上輕敲它的弓——
我們的軀體繼續用它們
殘缺的音樂哀唱。
我們，獲救者，
環繞頸際的繩索仍然擺盪
於我們眼前藍色的空中——
沙漏仍然裝滿我們滴下的血。
我們，獲救者，
恐懼的蠕蟲仍然以我們為食。
我們的星座埋葬在塵土中。
我們，獲救者，
請求你：
向我們展現你的太陽，但請慢慢地。
一步一步引導我們在群星之間前進。
教我們重新學習生活時，務請溫柔。
以免鳥兒的歌聲，
或汲滿井水的木桶，
會讓我們癒合不良的苦痛再度迸裂
並將我們沖失——

我們請求你：

暫且不要給我們看會咬人的狗——

很可能，很可能

我們會碎裂成灰——

在你眼前碎裂成灰。

是什麼將我們的肌理結合在一起？

我們，呼吸辭退我們，

靈魂早在我們的軀體被救上

千鈞一髮的方舟之前

自午夜向祂奔去。

我們，獲救者，

我們緊握你的手

我們直視你的眼——

但唯一將我們結合在一起的就是告別，

塵土中的告別

將我們和你結合在一起。

影子的合唱

我們是影子，噢，我們是影子！
劊子手，你們的影子
依附在你們惡行的塵堆上——
受害者，你們的影子
在牆上畫出血淋淋的慘劇。
噢，我們是無助的斑蝶，在一顆
始終冷靜燃燒的星球上被捕獲，
當我們受命於地獄中起舞時，
我們的傀儡師所知唯死。

金黃護士，你以如是的
絕望餵養我們，
轉過臉去，噢太陽
讓我們也沉下去——
或者讓我們映照出某個孩童
歡快豎起的手指
以及某隻蜻蜓噴泉邊
輕鬆駐足的片刻。

石頭的合唱

我們是石頭
舉起我們
就等於舉起遠古時代——
舉起我們
就等於舉起伊甸園——
舉起我們
就等於舉起亞當和夏娃的善惡之識
以及蛇吞噬塵土的誘惑。

舉起我們
就等於將數百萬記憶高舉於手中，
那些像黃昏一樣，不會在血中
消溶的記憶。
因為我們是紀念的碑石
包容所有的死。

我們是充滿生命史的書包。
舉起我們就等於舉起大地堅硬的墳墓。
你們這些雅各的頭啊，
我們為你們藏好了夢的根源
並且讓高入雲霄的天使之梯[1]

噴湧如常春藤的卷鬚。

撫摸我們
就等於撫摸哭牆。
像對待鑽石般，你的憂傷切割我們的堅硬
直到它碎裂、蛻變成一顆溫柔的心——
而你卻成了石頭。
撫摸我們
就等於撫摸那響著生死之音的
午夜的岔路。

將我們丟出——
就等於將伊甸園丟出——
群星的葡萄酒——
愛人的眼睛以及一切背叛——

忿怒地將我們丟出
就等於將億萬年破碎的心以及
柔滑的蝴蝶丟出。

小心，小心

不要忿怒地丟出石頭——
呼吸一度注滿我們體內，
它們祕密地硬化
但可以因一吻而蘇醒。

1 「天使之梯」，指雅各（Jacob）以石頭為枕在夢中所見之登天的梯子。見《舊約·創世紀》28章12節。

雲朵的合唱

我們充滿嘆息，充滿期待，
我們充滿歡笑，
而有時我們戴著你們的臉。
我們離你們不遠。
誰知道你們有多少血會往上濺
弄髒了我們？
誰知道為了讓我們哭泣你們流下
多少淚？多少渴望方讓我們成形？
我們玩著死亡的遊戲，
輕柔地讓你們逐漸習慣死亡。
你們這些無法向夜晚學習的無經驗者。
已派給你們許多天使，
但你們卻看不見。

安慰者的合唱

我們是沒有花朵的園丁，
沒有藥草可種植
從昨天到明天。
鼠尾草已在搖籃中枯萎——
面對新的死者，迷迭香失去了它的芳香——
即使艾草也只有昨天才苦澀。
慰藉的花朵綻放的時間太短暫
不足以補償孩童一滴淚的苦楚。

或許可在夜間歌唱者的心中
採集新的種子。
我們當中有誰可安慰他人？
在介於昨日與明日之間的
峽谷深處
天使站立
用他的翅膀研磨憂傷的閃電
而他的兩手分開握著
昨日與明日兩座岩壁
像傷口的兩端
必須仍然裂著
還沒能夠癒合。

不要讓憂傷的閃電睡著在
遺忘的田野。

我們當中有誰可安慰他人？

我們是沒有花朵的園丁，
站立在一顆閃亮的星上
哭泣。

未降生者的合唱

我們是未出生者
渴望已著手努力讓我們成形
血液之岸變寬變闊迎接我們
我們像露水般沉入愛裡
但時間的陰影仍如疑問般懸於
我們的祕密之上。

心有所戀的你們啊，
心有所思的你們啊，
聽啊，你們這些因別離而愁病的人：
我們將開始在你們的目光中生活，
在搜尋遍藍空的你們的手中——
我們身上有早晨的味道
你們的呼吸早已將我們吸入，
將我們拉進你們的睡夢中——
啊，夢是我們的土壤
在那兒夜，我們黑皮膚的保母，
讓我們成長
直到我們映入你們的眼簾
直到我們在你們耳邊說話。

我們如蝴蝶般

被你們渴望的密探所捕獲——

像鳥鳴般售予大地——

我們身上有早晨的味道

我們是你們的憂傷未來的光。

聖地的聲音

噢，我的孩子們
死亡已奔跑過你們的心
像穿越一座葡萄園——
把以色列漆紅在世界的每一座牆上。

仍駐留在我沙內的
渺小的神聖將有何結局？
透過孤絕的管笛
死者的聲音靜靜響起：

放下復仇的武器，在田野中
讓它們變柔軟——
因為在大地的懷裡
鐵器和穀物也是親兄弟——

但，仍駐留在我沙內的
渺小的神聖將有何結局？

在睡夢中遭謀殺的孩子
站起身來；彎下千年之樹
將一度被稱做以色列的那顆

白色、均勻呼吸的星
釘在它最高的樹枝上。
再次往上挺躍，小孩說道，
到眼淚象徵永恆的地方。

星群的晦暗

（1949）

被迫害者不會成為迫害者

腳步聲——
你們將被保留在哪一座
回聲的岩穴中，
那曾一度大聲預告
死亡將臨的你們？

腳步聲——
不是鳥的飛翔，不是腸子暴露之景，
也不是冒著血水的火星[1]
證實了死亡的預言——
而只是腳步聲——

腳步聲——
劊子手與受害者，
迫害者與被迫害者，
獵人與獵物的古老遊戲——

腳步聲
使時間變得凶猛急速，
用狼群裝飾、刻記每一個鐘點

讓逃亡消滅於逃亡者的
血中。

腳步聲
用尖叫、呻吟去計算時間，
用不斷流出直至凝固的血，
積累搜集汗血津津的死亡的鐘點——

劊子手的腳步
蓋過無辜者的腳步，
是什麼樣的黑月如此恐怖地
在地球的運行軌道上拉引秒針？

在天體的樂音之中
你的音符在何處尖鳴？

---

1 火星，Mars，此詞亦指古羅馬神話中的戰神（瑪爾斯）。

戈侖死神[1]

戈侖死神！
腳手架已備妥
木匠們已到來
他們像一群獵犬
氣喘吁吁，
追蹤你螺旋狀的影子。

戈侖死神！
世界的肚臍，
你的骷髏骨架張開雙臂
一副假惺惺祝福的模樣！
你沿著地球緯度鋪放你的肋骨
精準定位！

戈侖死神！
在孤兒的床邊
站著四名天使
羽翼收攏於前
輕掩他們的臉——
而在田間

紛爭的雜草被種下，
疲憊的園丁
任由蘋果在月球上熟成！

但是在繁星點點的天空
拿著天平的老者
稱量哭泣的結局
從雲朵到蟲蛆！

戈侖死神！
但無人能將你高捧至
時間之外——
因為你痴醉的血是借來的
而你以鐵包覆的身軀
會潰散成碎片
回到原點！

而廢墟中住著雙重的渴望！
石頭把自己睡綠了，伴著青苔
與草叢裡的紫星花
而花梗上金陽升起。

沙漠中
美遠遠可見，
失去新娘的人
請他擁抱空氣
因為已創造之物不會消逝——

所有脫軌的星星
總以最深的墜落
找到返回永恆家園之路。

---

1 「戈侖死神」（Golem Tod），或亦可意譯為「泥人死神」、「機器人死神」。戈侖（Golem，有魔像、泥人、石人等不同譯名），是希伯來傳說中用黏土、石頭等做成的土偶，注入魔力後可自由行動。Golem一詞本意為「胚胎」或「未成形的物質」，到後來，也被用以指人造怪物或機器人。沙克絲此詩以反諷的語調，批判納粹對猶太民族進行的（借諸機械裝置的）集體的屠殺。此詩一開頭出現的「腳手架」（Gerüst：建築工地上搭設的支架，即鷹架），由是也暗指絞刑架、斷頭台。

約伯

噢，你這苦惱的風玫瑰[1]！
被原始的暴風不斷
吹襲到不同方向的險惡之境；
即便你的南方也全然是孤寂。
你站立的地方就是痛苦的中心。

你的眼睛已深陷頭顱之中
就像穴居的鴿子盲目地
在黑夜中被獵者逮出。
你的聲音已然沉默，
因為追問了太多次「為什麼」。

你的聲音已與蟲魚為伍。
約伯，你徹夜守夜哭泣，
但有一天你血緣的星座
將比初升的太陽還閃亮。

---

1 風玫瑰（Windrose），又稱「風玫瑰圖」，用來簡單描述某一地區風向、風速的分布圖形工具。

為什麼他們用黑色的仇恨

為什麼他們用黑色的仇恨
答覆你的存在，以色列？

你，異鄉人——
來自一顆比其他人都
遙遠的星球。
你被賣到這地球
為了讓寂寞繼續傳留下去。

你的根源與雜草糾纏在一起——
你的星群換得的是
屬於蛾與蠕蟲的一切，
卻又如月水般，被時間的夢的沙岸
帶離到遠方。

在其他人的合唱隊中
你總是比人
高一音
或低一音地唱著——

你將自己投入夕陽的血中

彷彿一痛追逐另一痛。
你的影子長長
而為時已晚
以色列！

要走多遠你才能獲得祝福啊
沿著億萬年的淚水
一路行向你化做灰燼的
路的彎處

而你的敵人用你燒焦了的
身體的煙
在天堂的額上
記載你致命的被棄！

噢，如此的死亡！
當所有救援的天使
翅膀滴血
破碎地懸掛於
時間的鐵蒺藜上！

為什麼他們用黑色的仇恨
答覆你的存在
以色列？

以色列1

以色列，
一度默默無聞，
仍緊裹在死亡的常春藤中，
永恆在你體內祕密運作，如夢似幻
你登上
月之塔的魔幻螺旋，
繞行戴著動物面具的
群星——
感受牡羊座不可思議的沉默
或金牛座突進的硬擊。

直到密封的天空裂開
而你，
最最大膽的夢遊者，
被上帝的傷口擊中，
墜入光的深淵——

以色列，
渴望的頂點，
奇蹟如雷雨般
堆聚在你頭上，

猛洩於你年代的痛苦山脈中。

以色列，
先是輕柔，如鳥之鳴唱
以及受苦的孩子們的交談，
生氣勃勃的上帝的泉水
自你的血液流出，家園在焉——

---

1 此處「以色列」（Israel）即《舊約．創世紀》中，雅各後來所改之名。雅各的人生充滿傳奇，夢天堂之門，與天使摔角而瘸腿，賜名以色列，他的後裔被稱為以色列人。關於雅各夢見登天之梯一事，參見前面〈石頭的合唱〉一詩譯註。

數字

當你的形體化為灰
沉入黑夜之海，
在其潮起潮落間，永恆
反覆沖刷生與死——

數字升起——
（它們曾燒烙於你臂上
無人能逃脫其悲慘）

數字的流星升起
被召喚入廣袤的空間，
光年伸展如箭矢
而行星
自痛苦奇幻的
質料迸生——

數字——自屠殺者的
腦袋拔根而起——
如今已化入
天體循環，繁星點點的
藍色網絡中——

世界啊，不要詢問那些死裡逃生的人

世界啊，不要詢問那些死裡逃生的人
他們將前往何處，
他們始終向墳墓邁進。
外邦城市的街道
並不是為逃亡者腳步的音樂鋪設的——
那些房子的窗戶，映現出有著來自
畫冊般天堂、年年變換的禮物桌[1]的人間時光——
並不是為那些自源頭處啜飲恐懼的
眼睛而擦亮的。
世界啊，強硬的鐵已在他們臉上燒灼出微笑的皺紋；
他們渴望走近你
因為你的美，
但對於無家可歸者，所有的道路都枯萎
如切花[2]——

但我們已經在異國
找到一個朋友：傍晚的落日。
在它苦難的光庇佑下
我們被囑咐走近它
帶著與我們同行的憂傷：
夜的讚美詩。

1 禮物桌（Gabentisch），擺放耶誕節禮物或生日禮物的桌子。

2 切花（Schnittblume），指剪切下來的花朵、花枝等，常作為插花的素材。

我們被傷得如此重

我們被傷得如此重，
有惡語從街上拋來
我們就以為必死無疑。
街道不明此情，
而它無法承受這樣的重擔；
它不習慣目睹痛苦如維蘇威火山
爆發。
它已忘卻遠古之事，
自從人造光當道
而天使們只和花、鳥玩耍
或在孩子的夢中微笑。

噢，傍晚天空中無家可歸的顏色！

噢，傍晚天空中無家可歸的顏色！
噢，新生兒消逝時
雲中垂死的花朵！

噢，沒有答案的
燕子的謎題——
噢，從創世紀起
海鷗非人間的叫聲——

群星晦暗之後我們何往？
我們何往，當頭頂的光投射下來的是
死亡塗繪在我們身上的陰影？

時間挾著我們的鄉愁轟鳴
如一只貝殼

而地心之火
已然知道我們的崩解——

我們是母親

我們是母親
自大海般的夜把思念的種子
帶回家，
我們把四散的物品
領回家。

我們是母親
夢幻般
與星星們一同漫步，
過去與未來的
洪水
聽任我們
像孤島一樣
出生。

我們是母親
我們對死亡說：
在我們的血中綻放吧。
我們把沙推向愛
且帶給群星一座反映的世界——

我們是母親，
把創世之日
朦朧的記憶
搖入搖籃裡——
每一次呼吸的起伏
都是我們戀歌的旋律。

我們是母親
把和平的旋律
搖進世界的心臟。

以色列的土地

以色列的土地，
你的邊界曾一度被地平線之外
你的聖人們測量出來。
你的晨氣被上帝的長子用咒語降服，
你的山嶺，你的樹叢
在森森然逼近的神祕
其火焰呼吸中升起。

以色列的土地，
為天國之吻選定的
星光燦爛地！

以色列的土地
如今你那被死亡燒過的人民
已向你的河谷移居
所有的回聲呼請族長們
對歸來者祝福，
向他們宣告——那兒在無陰影的光中
以利亞[1]曾和耕作的自由農同行，
那兒祓禊木在園中生長

甚至延伸到天堂牆邊——
那兒小巷弄四處穿織
那兒祂像鄰人般施與受
而死亡無需收成之馬車。

以色列的土地，
如今你的人民
淚眼斑斑地自世界各角落歸返
在你的沙上重新書寫大衛王的讚美詩
而那完工後的字眼「大功告成」
在它收穫的黃昏歌唱——

或許新的路得[2]已然在貧困中
站起，在徘徊的十字路口
緊握著她拾起的落穗。

---

1 以利亞（Elijah），以色列古代先知，曾行過許多神蹟，其事工見《舊約．列王紀》。
2 路得（Ruth），《舊約．路得記》中之女子，丈夫死後仍與婆婆一起，至伯利恆，往田間拾遺穗奉養婆婆。

如今亞伯拉罕[1]已經抓住風的根

如今亞伯拉罕已經抓住風的根
因為以色列將在離散後回家。

它已在世界的庭院
採集創傷和折磨，
已用淚水浸黑所有上鎖的門戶。

它的老者們——幾乎已穿不下他們塵世的衣服
四肢伸展如海中植物，

醃存於絕望的鹽裡
而哭牆之夜在他們的臂中——
他們將再多睡一會兒——

但年輕人已將其憧憬的旗幟抖開
因為田野渴望被他們愛
而沙漠渴望被滋潤

而房屋將向陽
向著上帝而建

而夜晚將再度吐出唯有在故鄉才顯得這麼藍的
紫羅蘭般羞怯的字眼：
晚安！

1 亞伯拉罕（Abraham），古代希伯來人的先知，據《舊約．創世紀》記載，是猶太人的始祖。耶和華許諾給他與他的後裔迦南（今耶路撒冷一帶）全地。他曾多次帶領家族成員遷徙。老年時生了以撒；以撒生了雅各（後改名以色列）——即是以色列人的始祖。

你坐在窗邊

你坐在窗邊
天下著雪——
你的頭髮是白的
一如你的雙手——
然而在你雪白臉上的
兩面鏡子裡
盛夏仍在：
草地上升至縹緲的天外——
陰影之鹿夜間到飲水處飲水。

而我哀嘆著沉入你的白，
沉入你的雪裡——
生命如此安靜地從那兒離開
一如在禱詞唸完後——

噢，在你的雪裡入眠
連同塵世火熱氣息中所有的悲痛。

而你頭上柔和的線條
已然沉入海的黑夜
迎向新生。

霧般的生靈

霧般的生靈
我們穿過一夢又一夢
沉入七彩的
光之牆——

但最終無色，無語，
化為死亡的元素
在永恆的水晶盤中
剝光所有神祕的夜翼……

蝴蝶

多麼可愛的來世
繪在你的灰塵之上。
你被引領穿過大地
燃燒的核心，
穿過它石質的外殼，
倏忽即逝的告別之網。

蝴蝶
萬物的幸福夜！
生與死的重量
跟著你的羽翼下沉於
隨光之逐漸圓熟回歸而枯萎的
玫瑰之上。

多麼可愛的來世
繪在你的遺骸之上。
多麼尊貴的標誌
在大氣的祕密中。

垂死者耳際的音樂

垂死者耳際的音樂——
當大地滾動的鼓聲
雷雨過後般靜靜消逝——
當飛翔的太陽歡鳴的渴望，
無意義的行星它們的祕密
以及月亮流浪的聲音
流入垂死者死後的耳中
將旋律之壺填進形銷的塵土。

塵土，樂於迎接極樂的相會，
塵土，讓其靈升起，
而靈，加入天使們與
戀人們的談話——
也許正幫助一顆黑太陽
重燃其光——
因為萬物死法皆同：
星星和蘋果樹
而午夜後
唯有兄弟姊妹交談——

而無人知道該如何繼續

（1957）

被遺棄之物在逃亡者眼中扎根

被遺棄之物
在逃亡者眼中
扎根，

敞開的門，因
空蕩蕩、失去聲帶的
房間的喉嚨而沉默無語。

一個湯鍋是一座孤島
如果沒有渴望洪水的嘴巴，

一張沒有天文學的書桌。
像流星深埋於夜的墳墓

信件躺在那裡未被展讀
但它們的水晶紙鎮

在窗口陽光下閃閃發光——
因為書寫者已用雲彩書寫：

玫瑰

在一個嶄新的天空中
而回音墜落成灰。

玻璃棺裡的蜂翼
閃耀著金色光芒逃逸過一座座墳墓，

將帶著撕裂的渴望
融化於蜜之火上，

當黑夜終於自焚於火刑柴堆。

散發死者氣息的一陣柔風

散發死者氣息的
一陣柔風。
垂釣者高高拉起銀蠹魚
穿過如假包換群聚的天使。

淌血的鰓的祈禱。

但做禮拜時
老婦人們睡著了，
儘管薰衣草的香氣
和著火的字母
讓她們眼睛難受淚流——

當閃電來襲

當閃電來襲
信仰之大廈失火
腳行走於水上
手臂如翅膀在空中拍動。

只有憂鬱——
為就該晚起一回的
教堂墓園天使而
壓釀的葡萄酒——
又流返人間。

在藍色的遠方

在藍色的遠方
成列的紅蘋果漫遊
生根的腳攀向天空，
在那兒，為所有居住於山谷裡的人
思念被提煉出。

太陽，帶著魔杖
躺在路邊
命令旅行者停下。

他們靜立於
玻璃似的夢魘中
而蟋蟀細巧地搔著
不可見的事物

而石頭舞著
把它的灰塵變成音樂。

正在醒來

正在醒來——
鳥鳴
自夜之井傳來
水計時——
金星
蒼白的種子
帶刺的光芒
將死亡點點撒於生之中。

母牛和小牛
在溫暖的牛棚裡
在離別的汗水中冒著熱氣——
創世之始
金黃的驚異
向後
生根
於牠們眼中。

所有的國家都準備好了

所有的國家都準備好了
要從地圖上站起身來。
甩掉沾染了星影的外皮
將蔚藍的海的包袱
牢繫於背上
把以火為根的山脈
當帽子，戴在它們冒煙的髮上。

它們已準備好要把最後幾兩憂鬱
也裝進背包，當作蝶蛹，
終有一日化為蝶翼
帶它們抵達旅程的終點。

而後《光之書》[1]的作者書寫著

而後《光之書》的作者書寫著
打開語字的血脈之網
自迴旋、隱形，唯
渴望能點燃的
群星汲取血。

字母的屍體自墳墓中升起，
字母的天使，古老的水晶，
一經創造出即被囚禁於歌唱的
水滴中——而透過它們你看見
閃爍的紅寶石，風信子石，青玉石，
那時石頭仍然柔軟
且像花一般被播種著。

而夜，這隻黑老虎
咆哮著；而那被稱做白日的
傷口在那兒翻來覆去
且流出火花。

光已然是嘴，但未出聲，
此時只一股氛圍暗示著靈魂之神。

1 《光之書》（*Sohar*，又作*Zohar*），猶太教神祕哲學的偉大著作，傳為十三世紀西班牙的摩西・李昂（Moses de León）所著。Sohar一字原為希伯來文「光明」、「光輝」之意。在此詩中，沙克絲將《光之書》作者視為詩人的原型——揭開字母／文字、創作／創造，以及世界形成之祕。

解開它，像解開

解開它，像解開
包覆著生與死的亞麻床單，
又綠又紅又白的黑暗中
字母的身體，蝴蝶的蛹，
且將它再次裹進愛的悲傷裡
像母親一般，因為苦難是光的藏身地。

但不論他以夏或冬之姿行動，
渴望之物已然浮現，心想事成變化有成。

用他的心跳鎚打

用他的心跳鎚打
自《聖經》之墳扯下死亡的常春藤
看到赤裸的火、水、空氣與沙之臉
看到星與星之間空洞的大海：
孤寂；看到眾眼中家國之痛，
所有的翅膀以任一地點為家鄉，
而離別是一片言之葉

落下，並留下祂的名字，
從死中升起，像一隻鷹——

吶喊的風景

在死亡動手扯裂所有縫線的夜晚
吶喊的風景
撕開黑色的繃帶，

在摩利亞山區[1]，從懸崖跌落向上帝，
燔祭之刀的旗幟飛揚
亞伯拉罕為他心愛兒子的吶喊，
仍存留於《聖經》的大耳朵裡。

噢，吶喊之象形文字
鏤刻於死亡的入口。

破碎的喉笛受傷的珊瑚。

噢，噢伸著蔓藤般恐懼手指的手啊，
深埋入獻祭之血狂亂聳起的鬃毛中——

吶喊，被破碎的魚顎鎖住，
最幼小孩童們痛苦的卷鬚
以及老人們大口大口的喘息，

蔓延至滿是燃燒的尾巴的枯焦的藍天。

犯人，聖人們的囚室，

貼滿了喉嚨惡夢的圖案，

戴著腳鐐跳躍的瘋狂狗舍中

沸騰的地獄——

這是吶喊的風景！

從吶喊中升天，

升自身體的骨骼柵欄，

吶喊的箭矢，發射自

沾滿血的箭筒。

約伯在四方風中的吶喊

以及隱藏於橄欖山裡的吶喊

彷彿一隻軟弱無力，被困於水晶中的昆蟲。

噢，夕暮般血紅的刀刃，飛入喉頭——

那兒睡眠之樹舔著血自地上升起

那兒時間在

廣島與邁登涅克[2]的骷髏身上流逝。

自被折磨至瞎的先知之眼發出的灰燼的吶喊——

噢，破碎的日蝕中
你淌血的眼睛啊
高高懸於宇宙間
等候上帝弄乾——

---

1 摩利亞（Moriah），南巴勒斯坦山區，亞伯拉罕預備在那兒以其子以撒為燔祭；見《舊約・創世紀》22章。

2 邁登涅克（Maidanek），波蘭東部納粹集中營所在地。

多少海洋消失於沙中

多少海洋消失於沙中，

多少沙在石頭中被苦苦祈禱，

多少時間在貝殼

歌唱的角裡被哭泣掉，

多少致命的被棄

在魚群珍珠般的眼睛裡，

多少清晨的號角在珊瑚中，

多少星圖在水晶中，

多少笑的種子在鷗鳥的喉間，

多少思鄉的線縷

在群星夜間的軌道上穿梭，

多少肥沃的土壤

為了這個字的根：

你——

在所有猛落下的

祕密的柵欄後面

你——

只有在睡眠中星星才有心有口

只有在睡眠中
星星才有心有口。
潮起潮落的呼吸
和靈魂們一起排練
最後的準備。
而岩石，從濕處升起，
沉甸甸的惡夢臉龐，
猶然是
被渴望的鑿子刺穿的
燃燒的鯨魚——
但愛情會變成什麼模樣，
在黑夜盡頭，
當星星已然變透明？
因為礦石不再是礦石
在升天者所在處——

眼瞼的後面

眼瞼的後面
藍色靜脈
在時間的月光石上，
雞啼聲
打開了先知
頭上的傷口。

手臂燃燒，
火焰迴旋而上——腿
凋萎在外，
但身體下沉，
塵埃之果實，
帶著冰冷的種子
致命用。

我又看到你了

我又看到你了，

煙標出了你的位置，

你扔掉

以奄奄一息的材料做成的

蝶蛹斗篷，

落日

以一絲你的愛

亮燃夜，

它升起

如一隻燕翼

摺疊後的飛行。

我抓住一片風之刃，

一顆流星懸掛其上——

夜以石頭砸我

夜以石頭砸我，
睡眠將我抬進
遙遠的流放之路

出生
一度在我肌膚上拉起的
分界線
死亡以一隻音樂之手
將之抹消

愛被贖回
將其星座寫入
自由之中——

逃亡與蛻變

（1959）

獵戶我的星座[1]

獵戶
我的星座
瞄準
一祕密出血點：忐忑……
逃離的腳步無處可遁——

但風不是房子
只是像動物一樣
舔身體的傷口——

然而我們該如何把時間
從太陽的金絲中抽出？
好把夜
纏繞作蠶蛾的
繭？

噢，黑暗
廣築你的使館
為得一瞬間：

在逃亡中休息。

1 沙克絲1940年代的詩作往往藉遭納粹屠殺的猶太人的聲音說話，這些詩作成為大多數讀者所熟知，且廣泛譯為外語的沙克絲之作，但這類詩作並無法全然界定沙克絲作品的力量。沙克絲的詩雖以大屠殺為素材，但她並非只是一位「寫大屠殺的詩人」，而是透過大屠殺的恐怖，寫出永恆的逃亡、流放此一題旨之作，這或許也與她研習希伯來神祕哲學有關。沙克絲1950年代至1960年代初期的詩作讓我們更寬闊地看見其詩歌之貌，更深刻地領略其詩藝。1959年出版的《逃亡與蛻變》可謂其創作高峰期之作，在此本詩集中，她從為大屠殺受難者說話，轉而更為自己身為難民的境況發聲——她與年邁母親住在斯德哥爾摩小公寓中的孤寂，她的流亡，她的疏離，她失去愛人的傷痛，她對宇宙神性、神祕力量的追尋——即便在這些詩作中，她仍以具有靈視的想像力，將不斷逃亡和尋求庇護此一處境視為形塑所有世代猶太人生命共相的歷史、政治、精神與宗教經驗。在這些詩作中，我們聽到了一個更接近我們的沙克絲的聲音。此詩中的「蠶蛾」（Seidenschmetterling，即英文silk butterfly或silk moth），指蠶的成蟲，負責交配、產蠶卵的蛾，形狀像蝴蝶，全身披著白色鱗毛。其幼蟲叫桑蠶，以桑葉為食，結成繭，在繭內化蛹。約十天後，羽化成為蠶蛾，破繭而出。此詩最後四行——「噢，黑暗／廣築你的使館／為得一瞬間：／／在逃亡中休息。」（O Dunkelheit / breite aus deine Gesandtschaft / für einen Wimpernschlag: // Ruhe auf der Flucht.）——甚為動人。

在這麼遠的野外躺下

在這麼遠的野外躺下
入眠
帶著沉重的愛的行李
逃離鄉土。

夢的蝴蝶地帶
像撐開一把陽傘
遮擋真相。

夜晚
夜晚
睡衣的身體
伸展它的空虛
而空間無歌地自塵土
逐漸增長擴張。

海
吞吐著泡沫的預言之舌
滾過
死亡的床單

直到太陽再度播撒
每一秒疼痛的光芒。

神聖的一分鐘

神聖的一分鐘
與最愛的人
難分難捨
這一分鐘
宇宙
將其難以辨讀之根
列入
與鳥類的盲目飛行幾何同夥
與在夜間掘土的
蠕蟲的五角星形

與在自己回聲的圖像上吃草的
公羊
以及仲冬之後
魚的復活。

獨眼眨又眨
心在燃燒
太陽
將其獅爪置於紡錘上
為受苦者拉網

愈拉愈密

因為不可將任何人叫醒
當靈魂不在

正充滿思念地
出航在外
不然身體會死去
被棄於
風茫然若失的臉中。

逃亡

逃亡，
何其盛大的接待
正進行著——

裹在
風的披肩裡
陷在永不能說阿門的
沙之祈禱中的腳
被迫
從鰭到翼
繼續前進——

害病的蝴蝶
即將重識大海——
這塊刻有蒼蠅之
碑銘的石頭
自己投到我的手中——

我掌握著全世界的
而非一個鄉國的蛻變。

舞者

舞者
如新娘般
你自盲目的空間
孕育出
遙遠創世之日
新滋長的渴望——

以你肉體的音樂街道
你啜飲大氣
在那兒
地球
尋覓分娩的
新孔道。

穿過
夜之熔岩
彷彿
輕輕鬆開的眼皮
創作的火山眨著
第一聲驚呼。

在你四肢的枝椏裡
預感
構築它們鳴囀的窩巢。

像一名擠奶女工
暮色中
你的指尖探進
那隱密的
光源
直到你，被黃昏的
拷問刺痛，
獻出雙眼
交予月亮守夜。

舞者
分娩中的婦人
獨你
在你體內隱藏的
臍帶上
配戴著神賜的
死與生孿生的珠寶。

睡眠編織呼吸之網

睡眠編織呼吸之網
神聖的經文
而無人在此識其字
除了戀人
他們逃逸
穿過歌唱著、旋繞著的
重重夜的地牢
被夢所裹
越過
死者之山

只有這樣才能
沐浴在
親手翻轉的
他們自己的太陽
新生的光輝中——

如果有人從遠方來

如果有人從
遠方來
他所操的語言
發出的聲音可能被
拒於耳外
隨著母馬的嘶鳴
或
幼烏鶇的
嘰喳聲
或者
尤有甚者，一支切斷所有靠近者的
刺耳的鋸子——

如果有人從
遠方來
像狗一樣移動著
或者
像隻老鼠
冬天已到
給他穿暖一點吧

說不定他腳下有火
（也許他騎
流星而來）
所以別罵他
如果你的地毯，千瘡百孔，尖叫——

異鄉人總是把
他的家揣在懷裡
像個孤兒
他要找的可能別無他物
而只是一座墳墓。

線條如活生生的頭髮

線條如
活生生的頭髮
伸延
黑暗的死亡之夜
從你
到我。

被牽制
在外，我傾身
渴盼
一吻距離的終點。

黃昏
將黑夜的跳板扔於
豔紅之上
拉長了你的岬角
我膽怯地將腳置於
已然開始的我的死亡
顫抖的弦上。

但那即是愛——

夢遊者在他的星球上環行

夢遊者
在他的星球上環行
被黎明的白羽毛
喚醒——
上面的血跡讓往事重浮心頭——
他嚇得鬆手
扔下月亮——
雪漿果碎裂
在夜的黑瑪瑙上——
夢漬斑斑——

地球上沒有純淨的白——

多少故土在空中打牌

多少故土
在空中打牌
在逃亡者經歷神祕之旅時

多少催眠曲
在樹枝糾纏的樹叢裡
在那裡，風是唯一的
接生者。

閃電般劈裂開，
根芽抽長的字母之林
吞滅似地受胎後
播撒出
上帝的第一個字

命運抽搐
在一隻手血脈的子午線——

萬物無止無盡
懸於
遠方的光之上——

一時被支開

一時被支開
我等你
你遠離生者而居
或仍在附近

一時被支開
我等你
因為已獲解脫者
無法再以一環環
渴望被捕回
或以行星之塵的冠冕
加冕——

愛是一株沙漠植物
在火中效力
且不會被耗盡——

一時被支開
她等你——

一捆閃電

一捆閃電：
奇異的力量
占領
這一畝白紙
文字燃映出
致命的領悟
響雷猛擊舉行過
葬禮的房子。

在經由歪曲變形的書寫
經由獨一無二的瞬間而得的
今生的寬恕之後
內在的海洋舉起其
白色的寂靜之冠
給至福的你——

如是，我從詞語奔出

如是，我從詞語奔出：

一小塊夜
張開雙臂
只為了替
逃亡稱重
這恆星時[1]
沉入塵土中
軌道固定。

為時已晚。
輕，離我而去
重也是
我的肩膀已如
雲般散去
手臂與手
全無負擔感。

鄉愁的顏色始終深且黑

如是，夜
再次占有我。

---

1 「恆星時」（Sternenzeit），以恆星為基準，使用地球自轉而測得之時間。一「恆星日」約等於二十三小時五十六分。我們一般所說的一「日」，正確應稱為一「太陽日」，約等於二十四小時。

無塵之旅

（1961）

所有離開地球

所有
離開地球
欲觸月
或
其他天界礦物之花的人——
被回憶
擊中
他會飛得很高
隨渴望所引發的爆炸力
因為
自地球漆黑之夜
他的祈禱已飛起
自日復一日的毀滅
出發尋找內在的目光之道。

隕石坑和乾旱之海
充滿淚水
路過一座座星際車站
前往一無塵之境。

地球四處打造

它鄉愁的殖民地。

不降落於

嗜血的海洋

只求搖擺於

潮起潮落的輕音樂中

搖擺於

未受傷害者的節奏中

永恆的信號：

生——死——

你

你

在夜裡

忙著遺忘這個世界

自極遠處

你的手指為冰穴著色

用隱匿的海它歌唱的地圖——

它將音符聚集於你的耳殼

造橋的磚塊

由此岸到彼岸

這精確的作業

其解答，將

附送給垂死者。

天鵝[1]

無一物
於水面上
而突然一眨眼間
懸掛上了
天鵝般的幾何形
根植於水
向上蔓伸
而又彎下
吞盡了灰塵
且以空氣
測量宇宙——

---

1 本詩德語原文標題為Der Schwan，德語Schwan一詞亦指「天鵝座」（Cygnus），北天星座之一，其中心部分別名北十字星。

這塊紫水晶中

這塊紫水晶中
貯存著夜的各個年代
早先，一閃靈光
點燃了當時仍是流質
且哭泣著的
憂鬱

你的死亡依然閃耀著——
硬的紫羅蘭

輪廓

唯剩此——
你挾我的世界一走而去
死亡彗星。
虛空的擁抱
唯剩
一個失去了手指的
指環。

再一次，創世前的
黑暗
服喪的法則。
夜晚被剝掉
白日自我允許的
輕浮的燙金。

以陰影的書法
為遺產。

綠色的風景
連同其預言的水域
齊溺於

黑暗的死巷。

床椅和桌子
踮起腳尖從房間偷偷離去
跟隨離別的頭髮——

一切皆隨你而去
我所擁有的一切皆成空——

唯你，吾愛
從我的呼吸飲下話語
直至我沉默——

死亡依舊慶祝生命

（1961）

她被土星以憂鬱加冕

她被土星以憂鬱加冕
非常輕柔地滑行於軌道上
穿過奇異的銀河系
當那些在十字架上方受祝福者，在他們口中
字母們因尚武好戰
互相殘殺——

那兒，在被囚禁的病患間，她緊
握住一根太陽系的金頭髮
在黑夜的大寢室中笑中帶淚。

兩個老人

兩個老人
手拉手坐著
雙子星
仍熠熠發光，在他們往昔燒焦的
音樂中
他們相愛於斯，同死於斯——
在黑王子的魔法蠱惑下
剪出這幅夜間黑色輪廓像
悲傷流露於視網膜上像不眠症一樣
而他們的未來在指甲和頭髮裡
快速成長，覆蓋過死亡——

但向日葵

但向日葵
點燃了牆壁
從底部升起
黑暗中
那些與靈魂交談者

已成為另一個世界的火炬
毛髮超越死亡生長著——

而外頭燕雀啁啾
時間在榮光中前進
斑斕多彩
而花兒一路生長到
人的心頭

邪惡在榨汁器中成熟了
聲名狼藉的黑葡萄——
已然被榨成酒——

人如此孤獨

人如此孤獨
向東看
拂曉一副憂鬱的臉色

雞啼東方紅

噢，聽我說——

在戀獅癖
與赤道猛烈的閃電中
喪身

噢，聽我說——

在黃昏
與天使們幼童般的臉同枯萎

噢，聽我說——

夜裡在羅盤儀藍色的
北方醒來

死亡之芽已然在眼瞼上

且續往源頭——

山如是爬進

山如是爬進
我的窗戶。
愛是野蠻的，
把我的心帶進
你塵土的光芒裡。
我的血液變成憂鬱的花崗石。
愛是野蠻的。

夜與死裡裡外外地建構
它們的國度——
不是為了太陽。
星星是緘口的夜的詞語——
被野蠻的愛的
動力
撕裂。

熾熱的謎語

（1964）

熾熱的謎語（節選）

第一部分

今夜
我轉過街角
走進一條陰暗的小街
我的身影躺在
我的臂彎裡
這件疲憊的衣服
想要被帶走
而虛無的顏色對我說：
你越界了！

＊

我清洗我的衣物
許多死亡在襯衫裡歌唱
到處是對位的死亡
追捕者將之連同
催眠術一起織進
而衣料在睡夢中甘心地吸納它——

*

我們在這裡編織花環
有些人有雷聲的紫羅蘭
我只有一片草葉
滿是沉默的語言
讓大氣迸射出飛光閃電——

*

倖存者緊抓著時間
直到金黃的灰塵停留在他們手中
他們高唱太陽——太陽——
午夜這黑眼睛
已被屍衣覆蓋——

*

我的愛流入你的受難中
闖過死亡
我們活在復活中——

*

第二部分

巨大的恐懼到臨時
我啞口無言——
魚將其死去的一面
向上翻
為奮鬥的呼吸付出氣泡

所有的詞逃亡
到它們永恆的藏匿處
那兒創造力必須拼寫出其
星星之誕生
而時間將它的知識輸給
光的謎語——

*

百合在劇痛的赤道上

當你用雙手
道出祝福
遠方靠近
那些與海洋同血緣的事物
朝來世漂去
而無記憶的灰塵開始湧動——

當你的下巴，隨
地球的重量下垂——

*

第三部分

在我的房間
我的床榻所在
一張桌子一張椅子
廚房的爐子
宇宙跪下一如所有地方
以求自隱形
獲得救贖——

我畫一條線
寫下字母
在牆壁上塗上自殺的話語
新生兒即刻在那兒萌芽
我剛讓星星們握牢真理
地球就開始鎚打
夜鬆動
脫落
整列牙中的死牙——

*

我看到他從屋子裡步出
火燒了他
但沒有將他燒焦
他把睡夢中的公事包
挾在腋下
裡面裝滿了字母和數字
整套算術——
他的手臂上烙著：
7337這引導號碼

這些數字彼此成群結黨

這人是測量員

他的雙腳已自地球升起

有人在上方等著他

去建築新的樂園

「且稍待——很快地你也將安息——」

*

我正給你寫信——

你再次來到這個世界

隨著追索你的本體

久久縈繞的字母的力量

光閃耀

你的指尖在夜中閃爍

像這些詩句一樣

自黑暗中迸生的星座——

*

他們在街上相撞

地球上的兩種命運
他們動脈中兩種血液循環
此太陽系中
在路上呼吸著的兩人
一朵雲從他們臉上掠過
時間生了一個裂縫
記憶自其間窺視
遠近交融
自過去和未來
兩種命運碰出火花
而後分道揚鑣——

*

風黑暗的嘶聲
在玉蜀黍中
受害者隨時準備受難
根靜默
但玉蜀黍穗
懂得許多種土語——

而海中的鹽
在遠方哭泣
石頭是火熱的實體
而元素被它們的鏈拉裂
以結合成一體
當雲朵幽靈似的字跡
把最初的形象接回家

死亡邊界上的祕密
「把一根指頭放在你的唇上：
寂靜寂靜寂靜」——

*

四天四夜
你藏在棺材裡
呼吸進——呼吸出——生命
以擱延死——
在四塊木板間
躺著全世界的痛苦——
外頭分分秒秒繁花盛開

雲在天上嬉戲著——

*

撒出，種子穀粒的祕密
已然向未來扎根
開始：
亞耳丁森林的舞蹈
地層下的搜索
搜索那藏於水晶中的臉
在南海之上虛無處的
黎明
戀人們
把貝殼貼於耳際
聽深海音樂會
每顆星都通向一個入口
月球已有訪客
老人未曾歸來
每個出生都吸吮著生命——

*

第四部分

海

採集瞬間

對永恆一無所知

出神忘形地把

東西南北風之布

打成結

老虎與蟋蟀

在潮濕的時間的

搖籃曲中

入眠——

*

你聽到的

音樂

是奇異的音樂

你的耳朵翻向外——

有個信號要求你專注

吞沒了你的視界

冷卻了你的血

讓你自覺隱身

把閃電從你的肩胛骨拔出

你的聽覺

被刷新

搜索者

（1966）

搜索者[1]

1

舞會樂隊聲響如雷
音符飛出它們的黑巢
自殺似的——
深陷於悲傷的女子
在搜索的魔幻三角走來走去
在那兒火被撥開
而水足以淹死人——
戀人們相向而死
在空中織結靜脈網絡——

日蝕之時
綠色被判處化為灰燼
鳥兒在驚懼中窒息
因為未知事物正逐漸逼近——
自黑夜深處切出，
死之光
將搜索的歷史拖曳入沙中——

航向穹蒼之頂

白色的笑鷗坐在那裡等候
她已然讓解離中的塵埃冷下來

愛人的星座
被劊子手吹熄
獅子自天空墜落——

她搜索又搜索
用痛苦把空氣點燃成煙火
沙漠的牆懂得這樣的愛：
重新爬進夜晚
提前慶祝死亡——

她搜尋她的愛人
卻遍尋不著
必須再來一場創世紀
請求天使
從她身上切下一根肋骨
將神聖之氣吹送其上
沉睡的白色棕櫚葉
葉脈如夢似幻地蜿蜒著

窮困的搜索者
把泥屑放進嘴裡權充道別
繼續其復活之旅——

2

你是洞觀群星的占卜者
隱形地導出它們的祕密
從被遮掩的太陽散發出的七彩之光
白日與黑夜已然淪喪
新的事物高舉真理之旗出現
火山似的自白在我腳下噴湧——

3

你是被撒播出去
無處安身的種子
要怎樣能探知風向
或者顏色和血
以及夜來虔誠的恐懼
徵兆——那引導你的迷宮中的線——

4

一種不耐——森林之火在你血管中劈啪作響

呼喚：你在哪裡啊——天堂裡也許會有回音

而其他人安靜地坐在桌邊

喝著牛奶

外面，紫丁香哀傷地枯萎

小兄弟騎著山羊——

但她的痛苦告訴她他已死了

或許他已傳奇地被安置在

南十字星座當中

在那裡冰公主從她結凍了的墳墓起身

她的珠寶叮噹作響

他溫暖她

冰從寒光閃閃的數千年掉落

沒時間撿拾它們了

時間在柴堆上被烈火所焚

在群鳥撕開夜時燃燒殆盡——

5

他們曾隔空交談

兩名囚犯

劊子手攜著他們被收養的聲音
來回於瘋狂思念之徑
死亡可曾遞送過更美麗的禮物——

6

她站立處
是世界的盡頭
未知的事物在每個傷口處醞釀著
然而夢想和願景
瘋狂以及閃電的寫作
這些來自別處的逃亡者
會等到死亡誕生
他們才開口交談——

7

你占據了天空的哪一方
北邊的墓碑是綠色的
未來在那裡生長
你的身體在太空中請願：來吧
泉水尋找它潮濕的祖國

受害者不知彎身向何方——

---

1 沙克絲十七歲時愛上了一位她始終未透露其姓名的男子，顯然是她一生至愛。沙克絲獲悉他於1943年喪身集中營之後，寫作了詩集《在死亡的寓所》與詩劇《伊萊》。我們發現沙克絲的詩裡反覆出現一個男性戀人的形象，為她實踐了某些詩歌功能。沙克絲自逝去的戀人——是先知，是星座，是受害者——的種種記憶獲得自我鼓勵與自我慰藉的力量。《在死亡的寓所》中的聯篇詩作「為死去的新郎的祈禱詞」，1965年組詩《熾熱的謎語》中的「我正給你寫信」，以及1966年發表的《搜索者》等，都是沙克絲對愛人的抒情呼喚。在《搜索者》一詩中她既強化也顛覆傳統的性別角色，讓此首「大屠殺後」之作有了雙重面向：在傳統的詮釋之外，加上當代的觀點。

此詩中的女性追尋者被形塑成世上渴望的源頭，是「祈求重聚」此一意念之化身，少了她的另一半，她的生命便不圓滿，在全詩最後一段，她以一父性和母性特質並存的奇異混合體「潮濕的祖國」（feuchtes Vaterland）呈現此題旨——「潮濕的」是母性的特質，而「祖國」的德語

Vaterland（英文fatherland）亦可直譯為「父土」。

《搜索者》全詩由七個段落組成（第一段有七節，第七段有兩節），具有自傳性質（雖然書寫的人稱各段不同），是沙克絲探索愛情、心靈、個人命運、家國歸屬的重要詩作。

第一段講述一個女子因尋愛而歷經諸多磨難的故事，一開始的陰鬱、可怖的意象清楚地預告這場愛情註定以悲劇收場。沙克絲改寫《舊約・創世紀》典故，請求天使讓她成為女版亞當，「從她身上切下一根肋骨」，為她的生命注入新氣息，賦予她尋愛的徒勞過程一絲希望，讓尋愛之人在絕望時仍能保有勇氣（「窮困的搜索者／把泥屑放進嘴裡權充道別／繼續其復活之旅——」）。

第二段暗喻支撐詩人活下去的力量是文字，是書寫，是她身為作家的使命感：「你是洞觀群星的占卜者／隱形地導出它們的祕密／從被遮掩的太陽散發出的七彩之光／白日與黑夜已然淪喪／新的事物高舉真理之旗出現／火山似的自白在我腳下噴湧——」。

第三段道出了流亡之前詩人身在柏林的不安焦慮，以及德國猶太人的身分危機：「你是被撒播出去／無處安身的種子／要怎樣能探知風向／或者顏色和血／以及夜來虔誠的恐懼／徵兆——那引導你的迷宮中的線——」。詩人藉意象傳達出缺乏方向感、無家可歸和未知宗教觀的困頓，但也隱示某種未知的力量會導引她走出生存的迷宮。

第四段用了安徒生童話《冰雪女王》的典故，讓現實與童話形成對比。在這一段，小男孩騎坐山羊，不像安徒生童話中的女主人翁騎著鹿。沙克絲將童話故事背景由北方置換成南方的巴勒斯坦（「但她的痛苦告訴她他已死了／或許他已傳奇地被安置在／南十字星座當中」）。「他溫暖（了）她」，千年寒冰被融化了，但他們卻已經沒有時間撿拾代表「永恆」的碎片（在童話故事中，男主人翁從冰雪女王手中獲釋的條件是從城堡的冰碎片中拼出永恆），因為現實畢竟不是童話——「時間在柴堆上被烈火所焚／在群鳥撕開夜時燃燒殆盡——」。她期盼她的呼喚在天堂會有回音，但她知道愛人不會回來了，因為「她的痛苦告訴她他已死了」。

在第五段，沙克絲談到被劊子手處死而終結的短暫相聚。身為猶太人，他們是囚犯，而死亡是所有禮物中最美麗的禮物，因為它讓他們得以抽離塵世上的精神與肉體流放、抽離所有人間苦難，而再無逃亡、別離之痛。此段頗動人、感人，裡面的劊子手（「攜著他們被收養的聲音／來回於瘋狂思念之徑」）居然被描繪成有點像幫遠隔兩方的牛郎、織女搭橋的好心的喜鵲。

在第六段，沙克絲提及她的流亡人生（「她站立處／是世界的盡頭」），她徘徊於憂鬱和生存意志之間，甚至幻想死亡是另一種新生，因為「夢想和願景／瘋狂以及閃電的寫作／這些來自別處的逃亡者／會等到死亡誕生／他們才開口交談——」。

在最後一段，我們再次讀到她一生作品中不斷出現的對無垠星空的想望——渴望有某種力量能帶她飛離可怖的現實（「你的身體在太空中請願：來吧／泉水尋找它潮濕的祖國」）。最後一句（「受害者不知彎身向何方——」）獨立成行。以此作結，道出沙克絲的鬱結所在：她尋找摯愛未果，遭受流放命運，生命對她而言意味著孤獨和不斷追尋，以擺脫諸般禁錮和憂鬱。追尋所愛，追尋身分和宗教認同，追尋家園，是她（以及眾多猶太人）一生未竟、難竟的課題。

裂開吧，夜

（1971）

裂開吧，夜（節選）

第一部分

在言語之牆前——沉默——
在言語之牆後——沉默——
悲傷穿過皮膚流露出
目光越過苦難的冰河
雙手在黑暗中摸尋
虛無的白色城垛
在其外
愛的神聖太空翩然起舞
星星接納了生命之傷——

*

日日
一步步接近
隱形的
黑暗的奇蹟
從黃昏入夜
從黎明進入白天

忘卻一切語詞

感受沉默

僅有之物

唯淚

尋找出口——

那隨生命持續遷移直至

一個名叫死亡的地平線方止的出口

*

死者以骷髏骨笛演奏的音樂

驟起，跨越邊界

靈性的字母在沉默的耳邊閃耀。

這恐怖的灰燼，即是遺產——

*

兩隻手在夜裡那樣的閃閃發光！

你的手

在月黑時

僅僅因為愛與死

相擁的痛苦
萌生此最純粹的真

藍色靜脈網鼓脹
如太陽系汗漬斑斑的披巾[1]
在引爆出新世界的
那場爆炸之前
這些標記
是救贖所在

*

死亡——我因渴望你而蒼白
直至你最終的垂死之光
滴盡所有的血於你化為虛無的瞬間
命絕始發現來世——
復活——

*

第二部分

多麼滔滔不絕的幼苗聲
在夜的窗台上
多麼神奇的預言
在空中大聲宣告
多麼有通靈眼光的地質學家
正在解讀地球被割開的動脈
在其痛苦的桌上
當世紀的死皮
將沉默席捲一空——

*

但
也許
恐怖最先始於
尚未發酵成形的此星球上
伴著出生於許多光年外的
貓頭鷹遙遠的叫聲——
仍沉沉睡著

在那個邪惡的黎明
當洪水
把可怕的再洗禮派[2]教徒沖刷出

*

群山之巔
會互相親吻
當人們離開他們的死亡小屋
為彼此戴上
彩虹之冠
大量出血的地球
七色的提神物

*

第三部分

現在你已經讓你的逃亡行李
過去了——
邊境是開放的

但首先
他們扔掉你所有的「家」
像把星星扔出窗外
永遠不再回來
居於無人居住之地
然後死去——

*

第四部分

在我的窗外
鳥吱喳叫
在荒蕪的窗外
鳥吱喳叫
你看到它
你聽到
但有所別
我看到它
我聽到
但有所別

同在一個太陽系
但有所別

*

裂開吧，夜
你的雙翅閃閃發光
恐懼地顫抖著
因為我要去把
沾滿血跡的夜晚
帶回給你

---

1 「汗巾」（Schweißtuch，擦汗的毛巾、手帕）一詞，亦指帶有耶穌面像的手帕（傳說耶穌赴刑場途中，聖女維羅尼卡以手帕為其擦汗，聖容遂留於手帕上）。

2 「再洗禮派」（德語Wiedertäufer，英語Anabaptist），或稱重洗派、重浸派，為歐洲宗教改革運動時基督教分離出的教派，認為對嬰孩施洗毫無意義，主張在成年後因信仰而相互給予（再次）洗禮。沙克絲在此詩中（架空地）提到「再洗禮派」，讀來有點魔幻寫實主義似的荒誕趣味。

沙克絲詩劇選

伊萊

一齣有關以色列苦難的神祕劇

人物表

洗衣婦　女麵包師傅　撒姆爾　泥水匠們
荷賽耳　女孩們　米迦勒　小販孟德爾
婦人　男人　磨刀匠　駝子　瞎女孩
提琴手　年輕女子　做禮拜的群眾
拿著鏡子的男人　裁判官　乞丐　拉比
老婦人　老人　木匠　園丁　生物
農夫　教師　鞋匠　鞋匠之妻　郵差
醫生　小孩們　各種聲音

時間：殉難之後

第一景

波蘭小鎮的市場，許多倖存的猶太人聚集於此。四周的房子一片廢墟，只剩下一座噴泉位於中央，一個男子在噴泉邊工作，切割、鋪設管道。

洗衣婦（提著滿籃的白色亞麻布，唱著歌）：

自洗衣店，我自洗衣店來
洗滌死亡的衣服，
洗滌伊萊的襯衫，
洗去血液，洗去汗水，
孩童的汗水，洗去死亡。
（對著鋪管男子）
撒姆爾，我將把它帶給你，
在黃昏時將它帶到牲口巷，
那兒，蝙蝠鼓翼於空中
當我翻動《聖經》書頁
尋找耶利米哀歌時，
那兒，它燃燒，冒煙，石塊落下。
我將帶給你的是你孫子的襯衫，
伊萊的襯衫。

女麵包師傅：

怎麼回事，姬特兒，他怎麼突然變啞了？

洗衣婦：

那天早上，他們前來帶走他的兒子，
將他自床上，自睡夢中拖起——
一如他們先前撞開
會堂裡的祕殿——
使不得啊，使不得啊——
他們如是將他自睡夢中拖走。
他的妻子拉利也被他們自睡夢中拖走，
他們在後面驅趕她穿過牲口巷，
牲口巷——寡婦羅莎坐在
角落，坐在窗邊
敘說事情的來龍去脈
直到他們用一根荊棘
堵住了她的嘴，因為她丈夫是個園丁。
穿著睡衣的伊萊跟在父母後面跑，
手上拿著風笛，
他在田裡對著牛羊
吹奏的風笛——
而撒姆爾，他的祖父

也跟在他孫子後面跑。

而當伊萊看到，
用他八歲的眼睛看到
他們如何驅趕他的父母
穿過牲口巷，牲口巷時，
他把風笛放在嘴邊吹了起來。
而他並不像對著牛群或嬉戲時
那樣吹奏，
寡婦羅莎說道——當時她還活著——
不，他把頭往後一仰，
如同雄鹿或雄獐
在井泉喝水之前的姿勢。
他將風笛朝向天國，
吹給上帝聽，伊萊如是吹著，
寡婦羅莎說道——當時她還活著。

女麵包師傅：

到旁邊來，姬特兒，這樣他才不會聽見，
聽見我們的談話，那啞了的人。
他像海綿般吸收我們的話語，
卻無法自喉頭迸出半個字，

和死亡牢牢拴在一起的喉頭。

（他們走到一旁）

洗衣婦：

在隊伍中行進的士兵

環顧四周，看到伊萊

對著高空吹奏風笛，

就用槍托將他打死。

他是個年輕士兵，年紀尚輕，

寡婦羅莎說道。

撒姆爾抱起屍體，

坐在里程碑上，

現在成了啞巴。

女麵包師傅：

米迦勒當時不在附近

未能前往營救伊萊嗎？

洗衣婦：

米迦勒當時在禱告房。

在燃燒的禱告房裡

他撲滅了火焰

他救了荷賽耳，

救了裁判官，

救了雅各，

但伊萊卻死了。

女麵包師傅（沉思著）：

他的一切也許就此終止，

在祂

遺棄我們的那一刻？

洗衣婦：

寡婦羅莎還說

米迦勒來晚了一分鐘，

小小的一分鐘，

瞧，小小的，就像我剛剛用來

縫伊萊的襯衫

裂縫處的

那根針的針眼。

你想他為什麼來得太遲，

不是沒有敵人可阻擋他的去路嗎？

他一步跨進那條小街，

僅僅一步，

彌莉安的房子曾在那兒，

然後轉過身來——

伊萊就死了。

寡婦羅莎接著說：

但米迦勒具有無懈可擊的洞察力，

不像我們，只能看到片段——

他具有猶太聖者般的洞察力，

可從世界的一端看到另一端——

（她走近噴泉）

撒姆爾，來得及供節慶使用，

供新年使用嗎，這噴泉？

（撒姆爾點點頭）

女麵包師傅：

姬特兒，我告訴你一個祕密。

我聽見腳步聲！

洗衣婦：

巴西雅，你聽到什麼腳步聲？

女麵包師傅：

當他們來抓艾撒克，我的丈夫，

麵包師，因為他烘焙扭結餅[1]，

含禁用的麵粉的甜扭結餅，

當他們自爐邊將他帶走時，
我把他的外套拿給他，
因為外頭寒風刺骨——
扭結餅嘶鳴如
馬對著燕麥時歡欣的嘶鳴：
「他會回來的，在穿上外套之前就會回來——
他會回來的！」
他回來了，沒有腳步聲！
就在那時，腳步聲開始在我耳朵響起！
沉重的腳步聲，
強撼的腳步聲，
它們對土地說：
我要讓你裂開——
其間夾雜著他蹣跚的腳步，
因為他很少走路，
在寒風中用力呼吸，
他站在烤箱旁，
日日夜夜地——

洗衣婦：

你現在仍然聽到腳步聲嗎？

女麵包師傅：

它們活在我的耳朵裡，

它們在白天走動，

它們在夜裡走動，

不論是你說話還是我說話，

我時時刻刻都聽到它們。

洗衣婦：

去問問米迦勒

看他是否能幫你擺脫腳步聲。

我得問問米迦勒他知道些什麼。

因為他能將鞋底與鞋幫縫合，

除了如何遊走到墓地，他一定還知道其他的。

我跟你說，巴西雅，我是個洗衣婦，

我做了鹼水，洗好了衣服，用水漂乾淨，

但是今天在洗衣店裡，

在伊萊襯衫的縫線裂開處——

它在那裡注視著我——

女麵包師傅：

要是我能夠，

我會打開那上方的裂縫，

被陽光弄得血糊糊的。
要是艾撒克的眼睛能看到我就好了——
困坐牢籠，腳步聲
圍成的牢籠，
我會說
打開牢籠，
讓我逃離沉重的腳步聲，
讓大地裂開的
強撼的腳步聲——
你蹒跚的步伐夾雜其中——

洗衣婦：

噴泉湧出水了！

女麵包師傅：

噴泉湧出水了！
（她用雙手圍成杯狀，喝水）
把腳步聲，腳步聲
帶走，帶離我的耳朵——
那些腳步聲——腳步聲——
（她倒在地上）

幕落

1 扭結餅（德語Brezel，英語Pretzel），亦稱德國鹼水麵包、椒鹽卷餅、蝴蝶餅等，是一種用麵團烘烤的糕餅，通常為繩結的形狀。

第二景

相同的市場，不同角度的場景。噴泉湧水。在一間破敗的房子前，一個年老的泥水匠和他的學徒正幹著活。背景是一條狹窄、荒蕪的巷道，巷道盡頭有個禱告棚。綠色的風景四處閃亮。

泥水匠：

荷賽耳，到噴泉那裡將水桶裝滿，

到蓋房子的地方取石灰，

他們正在城門外建築新鎮。

那裡不再有城門，

不再有舊鎮，

不再有禱告房，

只有足以用來作為聖所的土地！

（自言自語地）

這曾是一間房子，這兒，這曾是一座爐床，

燉鍋仍在那兒，被燒得烏黑。

這兒有一條彩色的緞帶，

它先前也許是搖籃的蝴蝶結——

它先前也許是圍裙的帶子——

誰曉得？

這兒有一頂無沿便帽。

誰戴過？

一個青年，一個老人，還是一個男孩？

它是否會守護那緘默的十八條祝福文，

免於胡思亂想，

免於心生邪念，

或者——誰曉得呢？

（一個穿睡衣的女人匆忙地從窄巷走來，用手指敲打牆壁和石頭）

泥水匠：

伊絲帖．溫柏格，你在敲什麼？

沒有答案鎖在石頭裡。

荷賽耳（提著水桶）：

這女人從療養院跑出來，

現在她在撿石頭，丟石頭——

泥水匠：

想要越獄——

荷賽耳：

但是她現在在做什麼？

兩手像杯子一樣開開闔闔，

將之裝滿空氣。

石匠之妻（唱著歌）：

你的右腿

輕如小鳥——

你的左腿

輕如小鳥——

在南風中捲曲——

心能顫抖如手中之水——

顫抖如手中之水——

噢……噢……

（她跑開）

泥水匠：

她用空氣造她的小孩——

（他拿起一塊石頭）

我們打造墳墓，

但是她已逃脫——

正跟著祂學習——

荷賽耳（追那女人，隨後折回）：

那女人死了。

對石頭說：「我來了」，

用額頭撞擊石頭而亡。

當時這封信就擱在她身邊。

泥水匠（唸著）：

「這石塊紋理分明，像你的太陽穴。

我在睡前將它放在我的臉頰，

感受它的抑鬱，

感受它的崇高，

它平滑和凹凸的部分——

吹氣於上，

它就會像你一樣地呼吸，伊絲帖……」

這是蓋德，她先生，寫來的信，

他在採石場做苦力至死，

背負著以色列的重擔——

（荷賽耳哭泣又嘆息）

泥水匠：

別哭，荷賽耳。

讓我們將舊屋重建。

如果眼淚掛在石材上，

如果嘆息掛在木料上，

如果小孩子們無法入眠，

死亡就有了柔軟的床。

（他一邊砌磚，一邊唱歌、吹口哨）

世界之主啊！

祢，祢，祢，祢！

萬石之主啊！

祢，祢，祢，祢！

我到哪裡可找到祢，

我到哪裡可以不找到祢？

祢，祢，祢，祢！

幕落

第三景

市場附近破敗的巷道，隱約可見。噴泉湧水。孩子們跑過來。

年長的女孩：

　學校老師說
　今天是米迦勒
　多年前舉行婚禮之日，
　那天他們當著祝福的燭火
　搶走他的新娘。

年幼的女孩：

　我們來玩什麼？

年長的女孩：

　婚禮和燭火的祝福，
　我來當新娘——

男孩（抓住她）：

　那我要把你搶走。

年長的女孩（讓自己脫身）：

　不，我不要那樣，

我要替自己找個寶寶搖她入睡。

荷賽耳：

當我在船上時，

大海總是與我們一同遨遊而去，

像一卷紗線一樣

當我握著線讓它滾出去，

但我們未曾到達

那白色的起點。

但睡夢中我到了那裡。

當我醒來，有人說：

許多人淹死了，

而你卻得救了。

但水依然時時尾隨我。

年幼的女孩：

我一直在很深很深的夜裡坐著，

有一個女人在那裡，

和療養院的黎亞修女一樣仁慈，

她說：睡吧，我會守護著。

然後我嘴裡出現一堵牆，

於是我吃了一堵牆。

年長的女孩：

那女人是你的母親嗎？

年幼的女孩：

母親？那是什麼意思？

年長的女孩（從碎石堆中拉出一條破布）：

這是亞麻布，
這是一塊木頭，
只有一端被燒焦。
現在我有了一個寶寶，
黑髮的寶寶，
我現在要搖她入睡了。
（唱歌）
從前從前流傳著一個故事，
這故事一點都不快樂。
這故事以歌起頭，
詠唱一位猶太人的王。

從前從前有一個國王，
這國王有一個王后，
這王后有一座葡萄園——

盧令卡，我的乖兒……

年幼的女孩：

你是跟蕾貝金學的嗎？

年長的女孩：

是的。

（唱歌）

葡萄園裡有一棵樹，

樹上有一根樹枝，

樹枝上有一個小鳥巢——

盧令卡，我的乖兒……

荷賽耳：

瞧，我找到了一根骨頭——

誰要是用死人骨頭做風笛

一定無法吹喚牛群往前走——

年長的女孩：

那水還跟著你嗎？

荷賽耳：

是的，有些時候，

但吊死的伊色多更常來，

對我說：朋友，一卷紗線
握起來像一條繩子——

年長的女孩：
太晚了，
我們去蕾貝金那兒吧！

荷賽耳：
把你的寶寶給我，
我把她丟到碎石堆裡，
讓她哭個夠。

年長的女孩：
不，別那樣做，
她的名字叫彌莉安，
我要到廚房去
向蕾貝金要一把刷子，
那可以當作頭。
（唱歌）
鳥巢裡有一隻小鳥，
小鳥有一隻小翅膀，
翅膀上有一根小羽毛——
盧令卡，我的乖兒……

（所有的人緩緩走下舞台，自後台唱出）

國王終須一死，

王后終將消殞，

樹木必會枝葉散，

小鳥必會飛離巢……

幕落

第四景

唯一未毀的房子內的米迦勒的補鞋店。穿窗而望，月光和曠野。牆上擱架擺放著鞋子。桌上擺著工具。板凳在窗前。米迦勒，瘦瘦高高，髮色微紅。他抓起一雙鞋子，擱放於窗前板凳上。然後，舉起一隻鞋，月光襯托出它的黑色輪廓。那是一隻嬌小的女鞋。

米迦勒：

你的腳步如此輕巧，
小草在你的腳後方揚起頭來。
這裡有你扯斷的帶子，
當時你匆忙走向我——
愛情來得快，
太陽升起的速度
遠比它慢。
彌莉安——
（他跌坐地上，頭夾放於兩膝間）
什麼星座看到了你的死狀？
是月亮，太陽，或者夜晚？
有星星嗎？沒有星星嗎？

（一朵雲飄過月亮。房間幾乎一片漆黑。滑行的腳步聲傳來。一聲嘆息後是粗獷男人的聲音）

男人的聲音：

你真美，我的愛人，

如果我是你的新郎，

我會嫉羨死亡。

但如此——

（狂放的笑聲，尖叫聲）

（米迦勒靜止不動地躺了很久。月光再度照耀。他起身，抓起一雙笨重的男鞋）

米迦勒：

伊色多的鞋子，

當鋪老板的鞋子，

笨重的鞋子。

一條蟲嵌在鞋底，

一條被踐踏的蟲。

月光繼續照著，

就像它看見你死狀時。

（一如先前以同樣的姿勢跌坐在地。沉重的腳步聲傳來）

第一個人聲：

不要將它掛起。

我已把它放入盒內。

檀香木做成的盒子——

它是先富後窮的莎莉的珠寶盒——

她是個好顧客——

第二個人聲：

說，那珠寶盒怎麼了？

第一個人聲：

把它埋了，埋在山毛櫸樹後面，

松林間唯一的山毛櫸樹——

裡面有一枚戒指，

有一顆石頭，海藍寶石，

有一團藍火，海藍寶石——

整個地中海都在裡面——

藍，好藍，在陽光閃耀時——

不——沒有東西在口袋裡咔嗒作響，空無一物——

是晚風，

在葉叢中銀亮亮地作響——

第二個人聲：

那麼就隨晚風簌簌作響吧，你——

（米迦勒靜止不動地躺著。他再度起身，抓起一雙童鞋，高舉過頭頂。早晨的太陽開始染紅天空）

米迦勒：

鞋子，

自裡邊一遍一遍地被踩踏，

羔羊之毛黏附其上——

伊萊——

（他再度以先前的姿勢坐下。撕心裂肺的風笛聲傳來）

幕落

第五景

破敗屋子的房間。撒姆爾坐在木板床上。膝上放著伊萊的屍衣。燭火閃爍。米迦勒走進。

米迦勒：

撒姆爾，

我請你幫我尋找我正在尋找之物，

我尋找手，

我尋找眼睛，

我尋找嘴巴，

我尋找一片皮膚，

世界的腐敗已深入其中，

我尋找殺死伊萊的凶手。

我尋找灰塵，

自該隱以來，它摻和了

每個凶手的灰塵並且等待著，

這期間或許已化為小鳥——

而後是凶手。

或許它成了曼陀羅花——

為了它拉結把一個夜晚讓給利亞[1]——

或許它封住了撒姆爾含恨的呼吸——

想想看——

這灰塵可能已觸摸過盧里亞[2]的祈禱書，

在它隱藏時，

在它的字母迸出火焰前——

想想看——

噢，我鞋子上帶給你的是什麼樣的塵土？

（他脫下鞋子）

撒姆爾，讓我問問啞巴的你，

他個兒高嗎？

（撒姆爾搖搖頭）

米迦勒：

他比我矮，比你高嗎？

（撒姆爾點點頭）

米迦勒：

他的頭髮，漂亮嗎？

（撒姆爾點點頭）

米迦勒：

他的眼睛，黑色的，藍色的？

（撒姆爾搖搖頭）

米迦勒：

灰色的？

（撒姆爾點點頭）

米迦勒：

他的膚色，紅頰，健康？

（撒姆爾搖搖頭）

米迦勒：

那麼是蒼白囉？

（撒姆爾點點頭）

米迦勒（嗚咽著）：

地球上有多少百萬人？

該隱之流的凶手。

支離破碎的曼陀羅花。

夜鶯之灰塵，

祈禱書之灰塵，

字母像火焰般自書中躍出。

（撒姆爾遞給米迦勒一根牧羊人的風笛。米迦勒向內吹氣。微弱的樂音傳出。他指著屍衣，襯衫上有男人頭像的輪廓）

米迦勒：

看啊，看啊，

燭火投下了陰影——

或者是你的瘖啞說話了：

仍然十分年輕，

鼻子寬寬的，

鼻孔因慾望而顫動，

眼睛有狼一般的瞳孔——

嘴巴和孩童的一樣小——

（臉孔消失）

臉孔如是在夢中合成——

水自隱密處流出——

它消失了，

在我眼中燃燒。

在我找到他之前

它會介於我與萬物之間，

它將在空中懸浮——

我吃我的麵包，

等於我吃這恐怖的灰塵，

我吃一顆蘋果，

等於我在吃他的臉——

撒姆爾，

你說的話已抵

一切塵埃的盡頭。

此事之化合，在語詞之外！

（他退到門邊，穿上鞋子）

幕落

---

1 拉結（Rachel）、利亞（Leah）——雅各的兩位妻子。

2 盧里亞，指以撒·盧里亞（Isaac Luria, 1534-1572），十六世紀重要的猶太拉比與神祕主義者。

第六景

市場的空地，面向田野。可聽見泉水噴濺聲。在耕地的沙路上，小販孟德爾站著叫賣他的貨物，路人圍觀。

孟德爾：

大減價，大好的機會！
很榮幸向各位展示：
圍裙布料，可洗，不褪色，有花朵圖樣，
有花朵圖樣，
棉料長襪，絲質長襪，直接自巴黎進口。
富彈性，瞧，你可從
這裡將它拉長到未來的天國，再彈回原處——
直接自美國進口。
還有從英國來的治頭痛的薰衣草
以及治消化不良的薄荷——
但這自俄國進口的亞麻——
不為死者做壽衣，不再這樣，
不做伸向門口之腳的裹腳布——
而是做美麗新娘的嫁衣，做小寶寶的衣裳——

女人（對丈夫說）：

瞧這裡
這塊節慶味的布料很適合我，
新年就快要到了。

男人：
我們住在救濟院，
你既沒桌子又沒椅子，
要這玩意幹什麼？

女人：
哎呀，你看看
史湯達爾家的小婦人，
她的丈夫就比我的丈夫強，
他已經為她買了一條上好的圍巾。

男人：
你現在站立的地方，曾經血流成渠——

女人：
我們倖免於難，
應該為獲救慶祝一下。

男人（對小販）：
你又四處讓女人們被寵壞了。
對華服的喜愛

會讓孝服也加上縐褶與荷葉邊。

孟德爾：

我沒老婆。

若有的話，我要和所羅門王一爭長短。

讚美妻子美德的人

也該讚美她的衣裳——

男人：

好吧，替我量一段布料。

磨刀匠：

磨剪刀啊，

磨刀子啊，

磨割新莊稼的鐮刀啊——

另一婦人：

我希望他走遠些

不要在這兒磨刀

那磨刮的聲音

叫人難以忍受——

磨刀匠：

下回你吃東西時

會用得上一把刀——

下回你收成時
會用得上一把刀——
下回你穿衣時
會用得上兩把刀。.
（他繼續磨刀）

另一婦人：
噢，這漠不關心的態度！
你難道沒有察覺，你的磨刀聲
把世界割得支離破碎？

磨刀匠：
我未與人結仇，
也不想冒犯誰——
我磨刀，因為那是我的行業——

另一婦人：
好，那既是他的行業，
那麼我的行業便是哭泣——
而另一人的行業是死亡。
（兩名十幾歲的女孩走過）

一名女孩（對小販說）：
小販，我要買一卷棉線。

（對她的同伴）

讓我把線捲纏在你的手腕，

我捲線時你握穩它們，

這好比道別。

他們緊握我的手腕

卻把我母親帶走——

告別聲從她那頭傳到我這頭——

從她那頭傳到我這頭——

直到結束——

（她們繼續前行。一名提琴手來到，開始拉奏。大家開始跳舞）

駝子：

骨頭裡充滿渴望——

老亞當在樂音中騷動不安，

新人類已長出了第一根肋骨。

（瞎女孩兩手前伸地走來，握著嫩枝和柴枝。她打著赤腳，衣衫襤褸）

女孩（在提琴手前停了下來）：

我感到腳底一陣抽動。

渴望的走道必須到此為止。

我所有的旅程都抵終點了。
（她丟下柴枝）
每當我雙腳有了新的創傷
就是一趟旅程的結束，
有如整點響起的時鐘。
我想再看看我的愛人，
他們卻奪去了我的眼睛——
從此，我計數著午夜。
如今我只不過是愛人滴落的一顆眼淚，
最後的傷口已在我腳裡綻裂——
（她跌坐在地，隨後被帶走）

駝子：

她隨身帶著的只是旅程的骸骨——
肉身皆因渴望而耗損——
她想再看看她的愛人——
但是魔鬼
閃避人眼瞥見的愛之鏡
而將之擊碎——

兩名孩童（拾起嫩枝，唱著歌）：

我們撿到柴枝，

我們撿到旅程，

我們撿到骨頭，

嘿，嘿，嘿——

孟德爾：

這一根柴枝

可用來綑綁我的包袱，

其他的你們可以留著。

（提琴手繼續拉奏，每個人都跳起舞來）

駝子：

不要跳得那麼用力，

不要敲擊睡夢的牆壁，

它會淹沒你們，

裡頭有太多年輕的心——

會出現愛的灰塵——

誰曉得那穀物滋味如何——

誰曉得？

年輕婦人（手上抱著小孩，對駝子說）：

不要那樣盯著我的孩子看！

上帝保佑他遠離邪惡的目光——

駝子：

上帝保佑，別讓我的目光灼傷他。
我只是好奇
在這種時代
你如何生養他——

年輕婦人：

在地下的洞穴裡我生下他，
在洞穴裡我餵他吃奶——
死亡帶走了他的父親，
但未帶走我，
看到我乳房的奶水，
它未帶走我。

駝子（重複她的話）：

它未帶走你——

年輕婦人：

如果我冒犯了你，請原諒。
啊，上帝保佑，
我起初以為
你是以色列苦難
活生生的樣本。

駝子（指著他隆起的背）：

你看到這小背包
代罪羔羊把人民的苦難裝在裡面。

年輕婦人：
我覺得
打從我坐在洞裡
迄今似乎已過了一百多年——
我再也無法忍受亮光——
我只是眨眼——
對我而言這些似乎都不是人類，
我看到土塚在跳舞——
夜晚留不住任何名字。
所有吠叫的生物，所有歌唱的人，
我早已遺忘——

駝子（指著小販投落的長影）：
在以色列，夜早已深了。
（所有的舞者都投下長長的身影。他們的身軀彷彿被夕陽餘暉遮蔽。只剩年輕的婦人抱著她的小孩清晰地站立於光中）

幕落

第七景

與開場相同的市場。背景是一條窄巷，巷尾有個禱告棚。一群信徒齊聚做節慶的禮拜儀式。

第一名信徒：

就在這個地方
步履拖曳的麵包師傅艾撒克
因為一塊甜扭結餅被人打倒。
他的店面招牌是一塊鐵製的扭結餅。
孩子們的目光
渴切地黏著它不放，
盡情地用眼睛吃個過癮——
有一個小孩倒地身亡，
眼睛吃夠了鐵扭結餅。
艾撒克想：
我要烤一塊甜扭結餅，
然後一塊又一塊地接著烤，
這樣他們才不會兩眼盯望鐵扭結餅
吃到撐死自己。
他烤了一塊扭結餅，沒有第二塊了。

鐵扭結餅紅光閃閃
彷彿在麵包師傅爐火中，
直到一名戰士拆走它，
為下一次死亡將它熔化。
（手裡拿著一面鏡子的男人走過，看著鏡子）

男人：
那兒，你抱著小孩的地方——
我相信我們共是七個人——
在那兒，你的身體崩垮掉入裂開的墳墓，
你枯竭的乳房哀悼地垂懸其上。
噢，我的母親
謀殺你的人把鏡子舉向你面前
讓你死得滑稽——
母親，你注視自己
直到下顎塌陷到你的胸脯——
但偉大的天使在你上方展翼！
他穿過時間的鐵蒺藜
拍動被撕裂的羽翼
匆忙地飛向你——
因為鐵和鋼已到處猖獗，母親，
在天空建築原始森林——

謀殺者的頭腦已變得猖狂——
預謀的痛苦的藤蔓自他們身上發芽。
鏡子，噢鏡子，
從死者的森林傳來的回音——
受害者和劊子手，
受害者和劊子手
用他們的呼吸在你身上玩死亡遊戲。
母親，
有一天會出現一個名為鏡子的星座。
（他繼續前行）

第二名信徒（對著第三名信徒）：
他仍然對鏡子唸珈底什[1]祈禱文。

第三名信徒：
是的，神聖的猶太聖者，
以色列力量最後的搬送禾捆者，
你的人民已愈來愈虛弱，變成
一名唯死亡才能將之帶回陸地的
泅泳者。

裁判官：
但是我告訴你們：

你們當中有許多人有堅強的信念，

在夜幕背後

已強行嚥下生與死

這偉大的鎮定劑。

（指著一間被炮火摧毀的房屋）

這場戰役並不光是靠這些武器來打，

我告訴你們：

還有其他戰場——那些

白晝謀殺的發明者

做夢也想不到的戰場。

許多禱告

已在炮口前展開火紅之翼，

許多禱告

已將黑夜如一張紙般燃燒殆盡！

太陽，月亮，星星，已被以色列的禱告沿著

堅強的信仰之繩排列好——

懸於她人民瀕死之喉際的

鑽石與紅寶石

噢！噢！——

駝子：

他們說，

因為我抖動的肩膀，
他們討厭我——

磨刀匠：
他們說，
因為我永無休止的微笑，
他們討厭我——

孟德爾：
他們說，
因為這堆石頭
曾經是我的屋子，
他們討厭我——

帽上有根羽毛的乞丐：
當我把帽子翻過來，
它是金錢的墳墓，
當我戴上它，
它是某個與飛翔
有關的東西。
猶太人視財富為何物？
只不過是容納一滴結凍之淚的冰坑！——

裁判官：

我看見，

看見你抖動的肩膀的源頭，西緬[2]——

在你隨亞伯拉罕在別是巴[3]

掘「七誓之井」的時候——

我看見，

看見你微笑的源頭，哈曼[4]——

種植於何烈山[5]七十位元老身上，

為了再次發芽

在嘴唇的流浪塵土中發芽。

石頭就是石頭——

天堂之土蘊藏其中，但毀於貪婪。

但他們不了解源頭，

不了解恆久不變的源頭——

他們因此討厭我們——

所有旁觀的人：

他們因此討厭我們——

裁判官（大叫）：

伊萊，為了你，

為了了解你的源頭——

（他倒下）

幕落

---

1 珈底什（Kaddish），猶太教中追念死者的祈禱文，於父母或親人的葬禮中誦之。

2 西緬（Shimon，或Simeon），雅各與利亞所生的次子，性情暴烈，亞伯拉罕是其曾祖父。

3 別是巴（Beersheba），古時以色列一小城，原意為「七誓之井」或「盟誓之井」，見《舊約·創世紀》21章。

4 哈曼（Haman），亞哈隨魯王廷之權臣，因其滅絕猶太人的計畫外洩而被絞死，見《舊約·以斯帖記》。

5 何烈山（Horeb），通常被視為即西奈山，《舊約·民數記》11章中載有七十位長老於此蒙召喚協助摩西管理人民之事。

第八景

同前一景。信眾因進入禱告棚而消失於舞台。喃喃低語聲傳來，接著是拉比引導吹奏羊角號[1]的聲音。

拉比聲：

長音——

（冗長、單音的音符傳來）

拉比聲：

短音——

（連續的三個短音符）

拉比聲：

碎音——

（一串顫音）

（七個分枝的燭台的輪廓映照於帳篷牆面。帳篷打開，信眾走出）

第一名信徒：

空氣是全新的——

燃燒的味道消失了，

血腥的味道消失了，

煙霧的味道消失了——

空氣是全新的！

第二名信徒：

嘈雜聲在我耳邊響起

彷彿有人自我的傷口

拔取芒刺——

卡在大地中央的芒刺——

有人將地球如蘋果般

分成兩半，

分成今日和昨日兩半——

將蛆取出，

再將外殼合攏。

（信眾穿過市場）

數名信徒：

新年快樂！

但願祂遺棄我們的時刻

至此結束！

其他人加入：

以色列為死亡清空其靈魂——

其他人：

號角聲已響起，喚我們回家。

祂並沒有遺忘我們。

祂已將祂的子民鐫刻於

雙掌之上！

（所有的人皆離場。市場頓時變空。一個老婦人走來，坐在噴泉邊）

老婦人：

拉比他還沒來嗎？

拉比他依然尚未到來嗎？——

（她起身，哭著前去迎接他）

拉比來了！

我在外頭田裡的烤箱

烘烤了一塊糕餅——

其他的婦人都說：

你烤了一塊上好的糕餅，

你的佳節美餅。我說，

特地為拉比烘烤的，這塊餅。

我量取了三份的麵粉

正是莎莉為天使們烤麵包時所用的數量，

那些天使

黃昏時來到亞伯拉罕住處——

拉比：

經文上並未記載

他們於黃昏到臨——

老婦人：

天使們總是在黃昏時到臨。

而清泉之水

有一張會說話的嘴。

拉比：

你為什麼哭呢，老祖母？

老婦人：

難道我沒有哭的權利嗎？

老鼠吃光了餅，

我為拉比所烤的餅。

拉比：

你會獲得新的麵粉，

我們將一起吃餅——

老婦人：

再也不能烤餅了，

再也不能吃餅了，

只能哭泣。

（哭得更厲害）

拉比：

你和老人們同住嗎，老祖母？

老婦人：

我住在市場的

第三間地窖裡。

拉比：

你為什麼不跟老人們同住呢？

老婦人：

因為我必須住在

我住的地方。

耶胡迪在那兒出生，

陶貝爾在那兒出生——

他們的啼哭聲還在那個地方，

陶貝爾跳的舞也在那個地方——

米迦勒送給我一雙鞋

因為墳塚的土跑進舊鞋裡了，

耶胡迪的土，

陶貝爾的土，

拿特爾的土。

那是撒索拉比[2]送來的鞋子，

那是扎迪克[3]之鞋，

聖者之鞋，神聖的舞鞋。

（她將鞋帶再繫緊些）

陶貝爾跳的舞就在裡面。

瞧！

（她開始跳舞）

幕落

---

1 羊角號（shofar），本指羊角做成的號角，在《聖經》時代用以傳遞戰爭的信號或宣告宗教之大事；在現代主要用於猶太教會堂禮拜以及猶太新年與贖罪日之時——其吹法有四種：「長音」（Tekiah），一聲長音符，表示牢固在地，不再行進；「短音」（Shevarim），三聲短音符，表示間斷、暫停；「碎音」（Teruah），九聲短音符，表示震動、啟程；「大長音」（Tekiah Gedolah），三聲長音符，表示結束的吹號聲。

2 撒索拉比（Rabbi Sassow, 1745-1807），十八世紀歐洲早期猶太教哈西德派拉比之一。

3 扎迪克（Zaddik，或 Tsaddick），原意為正直者，後用以指哈西德派精神領袖。

第九景

噴泉附近的市場。女孩們開始用水灌汲水，遞給經過的滿身灰塵的泥水匠，他們在建新鎮。

泥水匠（對一名女孩）：

謝謝你的水，
我將建造新的市鎮。

女孩：

請用水泥將此物也黏合進去。
裡面有神聖的話語，
是我的愛人給我的，
而我把它們配上項圈掛在頸間。

泥水匠：

你怎忍心割捨這樣的禮物？

女孩：

我的生命是短暫的，
但這些城牆
必定經久屹立。

第二個泥水匠（對另一名女孩）：

我們在春天結婚吧，

因為書上說：
若在冬天結婚，
蝶蛹還活在夢中，
春天還沒到，
你的夢便破碎了。
但當是在蝴蝶飛舞時，
上帝會親自掀開溪流和花苞——

第三個泥水匠（口渴地喝著水）：
以色列始終口渴。
有什麼民族像我們一樣在這麼多的泉邊喝水呢？
現在，渴上加渴，
所有的沙漠齊心協力讓我們口渴。
（一名木匠扛著一扇門走過舞台。帽上有根羽毛的乞丐登場）

乞丐：
那是一扇門。
一扇門是一把刀
把世界分成兩半。
因為我是個乞丐，
如果我站在前面敲門，
或許它會為我打開

而烤肉的味道
與泡在水裡的衣服的味道會飄出。
那是有人住的家的味道。
只要擁有乞丐的鼻子，
便也聞得到眼淚
或者天生的幸福。
但家庭主婦說：
「不行，太早了」，
而關閉的門也說「不行」。
下一家卻說我來得太晚，
我得到的只是匆匆瞥見
一張攤開的床，
門隨即關上，
悲傷如晚禱。
木匠啊，不要安裝門，
它們是刀子
把世界分成兩半。

木匠：

老兄，用你的笨腦袋想想，
門是用來禦寒和防竊的。
既然寒氣也是竊賊，

萬物本該各就其位。

乞丐（走到門邊，用手敲擊）：

這兒是以色列，世界之門，

世界之門，請打開吧！

木匠：

這扇門製作精良，

不會搖動，

但門的後面

有燕群移棲。

乞丐（倒在門前的沙上）：

這是你的門檻！

一群年輕的泥水匠：

我們建造，我們建造

新的城鎮，新的城鎮，

新的城鎮！

我們焙燒，我們焙燒

新鎮的磚塊！

裁判官：

而亞伯拉罕一次又一次地

加高他的小屋！

讓它朝祂的方向攀升。

第一個泥水匠：

摩西焙燒磚塊，

大衛焙燒磚塊，

而今我們焙燒磚塊，

我們這些倖存者！

沙漠中祂的荊棘叢，

便是我們，我們，我們！

第二個泥水匠：

我們焙燒！

我們的燭火就在這裡！

（他用腳踩踏地面）

第三個泥水匠：

我們有了新的奇蹟！

我們的沙漠也有鵪鶉和神糧，

一度我以雪維生，

吃雲朵和天空——

木匠：

你對一片馬鈴薯外皮被仇恨的洪水

沖至我腳邊的祕密，有何看法？

那是我的方舟。
如果我現在說「上帝啊」，
你便知道力量來自何處。

園丁（拿著一棵蘋果樹）：
為一個全新的亞當，
為一個全新的夏娃。

眾人（齊唱）：
我們焙燒，我們焙燒，
為了蓋新屋——

裁判官：
你們恐怕掘得不夠深，
那些地基只能承載輕浮之輩。
（在噴泉飲水）
新的《摩西五書》[1]，我跟你們說，新的《摩西五書》
寫在黴斑上，死亡地窖牆上的
恐懼之黴。

第一個泥水匠：
魚竿上蟲餌的痛苦，
魚兒面對蟲餌的痛苦，
我腳底下甲蟲的痛苦——

受夠了掘墳者的鋤鐽！

（對裁判官說）

把你記憶的乾草留存到下一個冬天——

這兒有新鮮的綠草。

（他用綠草為一名女孩編頭冠）

我們是灰塵的信徒。

只要灰塵能結出這樣的果實，

我們便將循其田畦犁挖

並且用蘋果——

像不祥之兆般散發離別氣味的蘋果——

打造灰塵的天堂。

園丁：

這株生長在外邦的土地。

祖先的灰塵已消失，

滋養了神聖的香櫞——

有著深井般雙眼的拉結滋養了它——

大衛，放牧小羊的牧羊人。

我的手指不自覺地彎曲，

為了將它的根埋入外邦的土地——

第一個泥水匠：

或許藉由新發明

天空會變成

全新的植物生長地——

空中的香櫞，

空中的家。

眾人齊唱：

我們焙燒，我們焙燒——

裁判官（自言自語）：

我曾看見一個人咬嚙自己的肉體

像月亮一樣使自己的一側豐滿

而讓另一邊世界消瘦——

我曾看見一個小孩微笑，

在他被丟入火焰之前——

而今到哪裡去了？

上帝啊，都到哪裡去了？

幕落

---

1 《摩西五書》，即《舊約》前五部書——《創世紀》、《出埃及記》、《利未記》、《民數記》、《申命記》，猶太人視之為法律或以色列的法律；此五書乃摩西所寫。

第十景

鄉間小路。道路兩旁是連根拔起或燒焦的樹木。田野因戰爭慘遭蹂躪。雜草叢生。磨刀匠和小販孟德爾並肩而行，小販的存貨堆放於手推車上。

磨刀匠（回頭指著走過的道路）：

真是人心惶惶啊，孟德爾兄。

孟德爾：

坐在暗處的人

皆為自己點燃夢想——

失去新娘的人

皆擁抱空氣——

因衣服沾染死亡

而哭泣的人

他的思緒如蠕蟲般咬食著他——

幸好我將存貨藏在

石塊底下。

今天生意還不錯——

磨刀匠：

那個人挑出肩膀抖動的人

以及其他像你這樣的人
是什麼意思？

孟德爾：

我怎麼知道？
我碰見過一個占卜者，
每當有人發現泉水，
他的短杖就會往上跳。
所以裁判官四處尋找
要讓以色列喝的
仇恨之泉。
即便我懂得不少，
但你是另一族的人，
我要如何解釋給你聽呢？

磨刀匠：

兄弟，你怎麼這樣說！
當年我們躺在秣草棚，
在波蘭人雅爾斯拉夫的秣草棚，
那時我們是一體的！
眼睛只用來窺視敵人，
耳朵只用來監聽嘎吱作響的腳步聲——

頭上的毛髮

在陰濕的恐懼中朝天上豎起——

來找我們的是同一種睡眠，

同一種飢餓，同一種驚醒，

還有一隻黃眼的貓頭鷹，

她會收集嫩枝

當她嗅到死亡的氣味時——

自頂樓窗往裡看，

呼號如劊子手的女兒，

如果他有女兒的話：

嗚呼！

孟德爾：

你在夢中發出咕嚕咕嚕聲

像個溺水者——

磨刀匠：

你常提到一道光，

說它讓你的貨著火——

孟德爾：

你有聽到蟋蟀聲嗎，兄弟？

磨刀匠：

沒有。

孟德爾：

真可惜！

這是世上最清亮的聲音，

並不是每一隻耳朵都能捕捉到。

但你看過蟋蟀嗎？

磨刀匠：

沒有——

孟德爾：

那更可惜了。

牠們坐在看不見的靈界邊上。

牠們已在天堂的門口乞食，

老祖母這樣告訴我們這些孩子。

但有一回一隻蟋蟀坐在

一卷淡玫瑰紅的絲緞上——

磨刀匠（對著跑過的一條流浪狗）：

來，來，同志，

你的四隻腳可以

和我的兩隻腳作伴。

如果孟德爾有蟋蟀，

那我就有我的狗。

我磨刀時，牠吠叫——

有兩個東西被風吹拂，

兩個一起挨餓，一起站在外面，

腳踩大地。

映入眼的是太陽，月亮和群星——

以及整個世界。

噢，有著兩面鏡子，

溫暖、持續運行的你這地球之沙——

（一個老乞丐迎向他們）

孟德爾：

你是誰，老祖父？

老人：

我不是什麼老祖父！

孟德爾：

你不是，但你開口了！

你從哪裡來呀？

老人（指著磨刀器的輪子）：

你是個磨刀匠？

磨刀匠：

是的。

老人：

所以你知道真相。

磨刀匠：

你為什麼用問答遊戲的方式來回答問題？

老人：

因為石中有火，

所以也有生命，

而刀中暗藏死亡——

因此你日復一日用死磨生。

我便是從那裡來。

磨刀匠：

死而復生？

老人：

從謀殺者將我同胞撒播入土處。

啊，願其種子星光燦爛！

磨刀匠：

而你呢？

老人：

我只是一半被播種入土，

已然躺在墳裡，

已然體會溫暖如何離肉身而去——

靈活如何離骨骼而去——

已然聽見腐朽到來時骨骼的語言——

凝固之時血液的語言——

重新奮力追尋愛情的

灰塵的語言——

磨刀匠：

但你是如何得救的？

孟德爾：

你可有一枚可出售的

戒指或上好珍珠，以之

隨一道祕密微光買回你的生命？

老人：

你們這些可憐的草包，

滿腦子問題和爭吵。

你們可知那是何感受，

當身體變空

低語如貝殼，

噢，當它們浮於

永恆一綹綹白閃閃之浪上？

磨刀匠：

告訴我們，你是如何得救的？

老人：

我們逃亡，

安姆許爾，棕色耶胡迪，和我，

三個國家被俘虜，

三種語言被俘虜，

手被俘虜

被迫挖掘自己的墳墓，

觸摸自己的死亡。

身體被屠殺

殘骸被傾倒在地。

和祂相隔幾十億里的痛苦啊！

孟德爾和磨刀匠：

但是你，你呢？

老人：

負責填土、

埋葬我們的那名

士兵——

上帝賜福他——

他透過夜裡

提燈的光看到

遭殺戮的我一息尚存，

眼睛還睜著——

他將我移出

藏匿起來——

磨刀匠：

難以置信。

孟德爾：

真是無法預料。

繼續說吧！

老人：

那個士兵在那天早上——

他後來告訴我——

收到他母親的一封信。

上帝賜福她！

因為那原因，他不像其他人一樣喝得爛醉，

他看到我眼睛在眨動。
他母親寫道：
「我真的很想隨信附上短襪，
自己編織的短襪。
但我的渴望無法讓我平靜——」
上帝賜福她！
「而今未等它們織好，
我就動手寫信。
但你的衣服，藍色那套，
因為沾染了飛蛾的粉末
已洗刷好，掛在外頭晾乾。
這樣，你回來時
才不會還留有那氣味。」
但她未能即刻郵寄此信，
因為夜裡她生病了。
有個鄰居來——
上帝賜福她！——
問她怎麼啦——
她其實只想要個洋蔥——
一個用來煮馬鈴薯的小洋蔥，
因為她自己的已用光。

啊，她吃馬鈴薯，

不吃蘿蔔——

上帝賜福所有洋蔥！——

她拿到了一個洋蔥，

把信給寄了，

於是那士兵在那天早上收到了信，

於是未像其他人一樣喝得爛醉——

於是他看到了我眼睛在眨動——

磨刀匠：

好多的洋蔥皮合力

拯救你！

從你的洋蔥運氣

還會迸出什麼別的好事？

老人：

我要去墓鎮找拉比。

我的身體已無法支撐下去，

沙土已觸及沙土——

現在我可以這樣死去，

另一種死法——就範於劊子手手部肌肉中

像一把萬能鑰匙握於夜賊拳頭裡——

我不再需要那種死法了，

我已有正確的鑰匙！

（磨刀匠和孟德爾又開始走路）

孟德爾：

我很高興，我很高興！

磨刀匠：

你高興什麼，兄弟？

孟德爾：

我很高興

我給了米迦勒兩條鞋帶

去繫他的步行鞋。

如果他上天堂

腳上就會有我的鞋帶。

伊萊的屍衣也是用我的亞麻布做的——

磨刀匠：

為什麼你給鞋匠鞋帶

是件好事？

為什麼他那麼年輕

就死了呢？

孟德爾（彷彿在跟他講一個祕密）：

我不知道，
但不管怎麼說都是件好事。
他可能是世界仰仗其義行的
三十六個義人之一——
順水而行
聆聽大地脈搏——
臨終之時才為我們鼓動一下的
耳後血管，卻為他
天天鼓動——
他穿著以色列的步行鞋直到最後——

磨刀匠（對著狗）：

來，來，狗兒啊，
你看起來好像餓了。
舌頭從喉嚨垂下，
所以你也渴了——
我們進村去，
如果鸛巢裡還有一根莖，
把它給農人，
如果還能從他身上找到一片指甲，
去找一把鐮刀，

磨利指甲，

用它除野地裡的雜草——

我們也許也會找到一池水，

死亡尚未在其中洗血腥之手——

然後我們可以喝水——

（他點頭告別，和狗一起走過田野）

孟德爾：

現在，像從前一樣；

得救了，卻孤單。

幕落

第十一景

夜晚。樹林。看不見的光源照亮一根倒塌的煙囪以及幾棵枝葉扭曲的樹。漫步中的米迦勒駐足傾聽。

自煙囪傳來的聲音：

我們這些石頭最不願意做的事就是觸及以色列的憂傷。

耶利米的屍體在煙裡，

約伯的屍體在煙裡，

耶利米的哀歌在煙裡，

幼童們的抽噎在煙裡，

母親們的搖籃曲在煙裡，

以色列的自由之路在煙裡。

星星的聲音：

我當過煙囪清掃工——

我的光變成黑色——

樹：

我是一棵樹。

我再也無法站直。

它掛在我身上搖晃，

彷彿全世界的風都掛在我的身上搖晃。

第二棵樹：

血重壓在我的根部——

在我的樹冠結巢的鳥兒

都有血跡斑斑的巢。

每個黃昏我流出新血——

我的根爬出它們的墳——

沙上的足印：

我們用死亡填滿最後幾分鐘，

像蘋果般因人們重重踩踏而成熟——

撫摸我們的母親們行色匆匆，

而孩子們卻輕如春雨——

夜晚的聲音：

他們最後幾聲嘆息在此，

我為你們留存下來，

感受一下它們吧！

它們居住在永不衰老的微風裡——

在後來者的呼吸裡，

在夜晚的悲傷裡不可捉摸——

（就在米迦勒傾聽的當兒，一個和樹根幾乎無法區

分的生物出現了。他坐在地上，縫補白色的晨禱披巾。他附近的草叢裡有一具死人頭顱）

生物：

米迦勒！

米迦勒（慢慢走近）：

和裁縫師赫許[1]

生前長得很像。

你身邊有可以一起老死的伴侶——

生物：

我是裁縫師赫許，那邊那位夥伴

是某人的妻子，也許是我自己的——

我不知道——雖然，在那兒，

（他指著煙囪）

我受雇當死神，

一旦過了邊界，就很難再找到任何東西了。

午夜一過，

一切看起來都一樣——

但無論如何，

如果我早聽我那已升天的妻子的話

現在就可以在美國和活人平起平坐，

我有個弟弟就在那裡——
不會在這裡置身同類之中了。
瞧，她說，
在事情一開始時，
赫許，你的名字就叫鹿，一隻雄鹿，
所以你必定嗅到牠快要來了，
難道猶太人嗅不出
即將發生的事嗎？——
刀子在抽屜裡騷動著，
大裁縫師的剪刀喀嚓作響，
爐火燒出一張張可怖的臉孔
彷如安多爾女巫洞穴裡的臉孔——
但最重要的是，我感覺有目光掃過，
那些如貓一般斜睇的瞥視——
米迦勒，米迦勒——
他們沒有動你，
他們饒你一命，
而你到處與他們作對，
也就是說逆著風向，
就像我從前的顧客——獵場看守人——常說的，
像一頭失去嗅覺的

獵物——

但他們將我逼入絕境，

因為我突起的顱骨

也因為我的雙腿。

死神，你有兩把鐮刀，

他們說，

那樣會快些。

除非你將你的同胞送進煙霧，

除非你焚燒自己的血肉，

否則我們會扭鬆你的骨盆

且拿走你那兩把鐮刀。

然後，你會得到更好的食物

勝過我們所有的人。

煙霧在胃裡比麵包還重——

（他把祈禱披巾放在一旁，指著骷髏頭）

太暗了，那邊那個東西

不再發光——

我燒了它們，

我吃了煙霧，

我把他燒掉了。

我跑進樹林，

那兒有幾叢覆盆子灌木，

在我把他燒掉後

我吃了覆盆子，

而我不會死，

因為我是死神，

但是你瞧瞧那裡——

（大叫）

瞧瞧那裡——

煙囪：

我是營地主任。

前進，前進，

思想滾出我的頭吧！

（煙霧開始上升，變成透明的形體。星月灑下黑色的光。樹根是肢體扭曲的屍體。生物站起身來，高舉祈禱披巾，拋入煙霧裡）

一巨大形體（裹著煙霧，唱著歌兒升向天空）：

聽，啊以色列，

祂，我們的神

祂，唯一的神——

（煙囪崩塌）

生物（被擊倒，即將死去）：

聽，啊以色列

祂，我們的神，

祂，唯一的神——

沙上的足印：

來收集啊，來收集啊，米迦勒，

時間又在該處出現，

那已耗盡的時間——

將它收集起來——

將它收集起來——

（米迦勒彎著身子，走在足印裡）

米迦勒：

收集死亡時刻的人不需用籃子，

而是用心裝滿它們——

幕落

---

1 「赫許」（Hirsch），此名德語之意即鹿。

第十二景

鄰國的邊界。石南科植物和沼澤地。

米迦勒：

所有的路標皆指向下方。
指頂花在這裡生長——
不，不是手套，而是手指
像野草般在這裡生長，
不像彌莉安弄斷帶子時
用來塞滿小鞋的
那些花朵：
「戴了手套的手指會撫摸你，」她說，
「在你將之縫合時。」
在這兒生長的手指
是男人的手指。

手指的聲音：

我們是殺人者的手指。
每一根都戴著預謀的死亡，
宛如偽造的月光石。
看，米迦勒，就像這樣——

一根手指（伸向米迦勒的喉頭）：

我的手指的特長是勒殺，

壓緊喉頭

再輕輕地向右一扭——

（喀喀的聲響）

（米迦勒跌落在地）

第二個殺人者的聲音：

你的膝蓋，米迦勒，

你的手腕——

你聽得到嗎，是玻璃做的——

塵世的一切皆脆弱。

好人不怕灰塵，

這兒有一整玻璃酒杯的血——

米迦勒：

偉大的死亡，偉大的死亡，來吧——

第二個殺人者的聲音：

那已經不流行了。

這裡有幾種精緻的小死亡——

你的脖子——

就是毛髮柔軟似絨毛的部位——

第三個殺人者的聲音：

　以科學之名——

　這一針——

　凡志願注射者會顏色變淡

　像枯木一般——

瘦長的手指：

　不要害怕。

　我既不想和你的氣管道晚安，

　也不想對你的關節動粗。

　我只不過是有新智慧

　具學者風範的手指。

　我想和你的大腦灰質聊一聊——

米迦勒：

　走開——

學者風範的手指的聲音：

　約伯已然虛弱，

　曾奏出新調的疲憊手風琴手。

　海水一方面被抽出變成馬力，

　另一方面則變成自來水。

　潮汐的漲落全由月亮人掌控。

鞋匠米迦勒
用他的廢棄物細線
將鞋底和鞋幫縫合——
鞋匠聖徒！
你們同胞可以自由購買的那些
自來水筆，和你們一起睡著了嗎？

手勢誇張的手指的聲音：

我是指揮家的手指。
我指揮他們的晚安曲。
（進行曲傳來）
在那試圖以血腥手段
解開猶太之謎的
「仇恨」
想到用音樂
將它自己逐出世界之前，
地球當已垂垂老矣——
（樂聲漸弱，眾手指由一根巨指操控著，跳出各自的舞步。學者風範的手指敲敲米迦勒的頭。地球落下，像一顆黑色的蘋果）

米迦勒（大叫）：

那顆星丟失了嗎？

回聲：

丟失了——

米迦勒的聲音：

聽我說……

幕落

第十三景

空曠的田野。躺在地上的米迦勒起身。一名以韁繩牽著一頭母牛的農人走近。

米迦勒：

手指最後指向這個方向，

謀殺者最終都會出賣謀殺者。

這個地方在白天看起來多麼安和。

蟋蟀歌唱，

樫鳥呼喚伴侶。

母牛有著彷彿剛被造物主的手

撫摸過的原始臉龐。

一如其他地方，農民現在正細品著麥粒的祕密。

（對那名農人）

晚安，

這附近有一間補鞋店嗎？

農人：

你從邊界那頭來的嗎？

死亡在你額頭上——

米迦勒：

　你如何看出的？

農人：

　當某樣大如雪片的東西

　在一個人兩眼之間閃耀——

米迦勒：

　或許是

　我同胞們的死亡在我體內發光。

農人：

　你是波蘭人，或者甚至是——猶太人？

米迦勒：

　在這地球上，我兩者皆是。

農人：

　真不錯！

　大草原過去

　便是通往村子的道路。

　客棧花園的隔壁

　就是補鞋店。

　（一個小孩加入他們。米迦勒抽出牧羊人的風笛吹奏）

小孩：

如果我有一個那樣的風笛
我會不分晝夜地吹奏，
我會在睡夢中吹奏——

米迦勒：

這是一個死去小孩的風笛——

農人（反覆說著）：

一個死去小孩的風笛——

米迦勒：

一個被殺害的
男孩——

農人：

被殺害的——

米迦勒：

他的父母被帶去送死，
他穿著襯衫追趕——

農人：

穿著襯衫追趕——

米迦勒：

他吹奏這支風笛向上帝求助——

農人：

吹奏風笛向上帝求助——

米迦勒：

然後一名士兵將他打死——

（米迦勒吹奏風笛。小孩，小牛，小綿羊，小驢，小馬……蹦蹦跳跳地圍攏過來。母親們將她們的寶寶高高抱起。幾個男人手上拿著鐮刀，低下頭）

幕落

第十四景

鄉村教師的家。鄉村教師和他的兒子站在花園，抬頭看著巨大的菩提樹。一群男孩在犁過的田間對著稻草人練習丟石子。稻草人是用老舊兵械和金屬碎片做成。

男孩（丟出石子）：

好像有人在喊叫。

孩童：

是的，那是小販伊色多
被我們趕出村子時的聲音。
喔咿，他說，喔咿，
躺在水溝裡。

男孩：

然後伸手去取他的帽子，
瞧，像這樣，手向內翻轉，
就像他平常稱東西那樣——
漢斯大叫：
「夕陽抓住了你的帽子嗎？」
然後給他另一頂，好讓他記得我們——

教師：

蜂群懸浮在那兒。
請聽牠發出的樂音，
那裡會有蜂蜜，
菩提樹從不曾綻放如此美麗的花朵，
何其幸運地
它逃過了人類的戰爭。

男孩：

這裡真香啊，爸爸！
以後我們的麵包就可以塗抹蜂蜜啦！

母親（自屋子走出）：

我就採摘萵苣
再剁碎山蘿蔔煮湯，
晚飯就快好了。
為什麼不取出你的捕蝶網，漢斯？
你瞧百里香上那些飛蛾——

男孩（撿起一個石頭）：

等一下！

教師：

別再動那稻草人了，
田野裡屍臭味太重了，

烏鴉會愈來愈多的——

男孩（對準米迦勒）：

不，我要丟石頭。

教師：

不可以！

男孩：

為什麼昨天可以，今天不行？

教師：

雖然我教算術，

但那是一道我無法解出的數學題——

（米迦勒走過）

男孩（自言自語）：

如果昨天我朝他背後扔石頭，

它會掉落糞坑附近，我想，

在先絆倒兩隻腳後。

今天它還留在我手中，

但我要把它丟進池塘裡，

至少嚇嚇什麼東西——

幕落

第十五景

邊界村落的鞋店。

鞋匠：

不，不是那樣的東西，真的不是！
對我們而言，你們
只是像從前的，很久以前的鞋子。
它們不適合任何人，
上好的皮革，但不適合——
不適合我們的氣候，
或許適合沙漠，
或許適合聖地，
或許適合伊色多一家人以不同方式
叫賣貨品的那些市場——
但當然，當時你們事事稱心——
不，我們不想要那個——
不是那樣的東西——

米迦勒：

自從亞伯拉罕從吾珥開始遷徙，
我們便勞心勞力

朝祂的方向建造我們的房子，
就像其他人朝陽築屋——
的確，有許多人反方向而行——
老牧羊人們任由星鐘響起而未察覺，
手指彎曲的當鋪老板熟睡如伊色多——
但是有一個男孩——
師傅，鞋底在我的手中哭喊，
散發死亡的惡臭——

鞋匠：

或許如此，
因為一頭將死的公牛會伸出腳
而後——
（一個男子走入，手裡抱著一個小孩）

男子：

我的鞋子好了嗎？

鞋匠：

我的助手正在趕工——

米迦勒：

這鞋底不能補了，
它從中間裂開了。

男子：

　那麼替我做個新鞋底吧——

小孩：

　父親，這就是那個

　有風笛的男人，

　風笛就放在花盆裡。

　啊，讓我吹它！

男子：

　不可以吹陌生人的風笛。

小孩（哭著）：

　風笛——

男子：

　她哭泣

　因為她要找她的母親。

　她總想要某樣東西：

　有一回是隻烏鶇——

　經常來找碎屑吃

　吃完就消失無蹤，

　另一次是隻老牧羊犬——

　牠跑過鐵道

被車輾過——

米迦勒（大聲地）：

一切皆因慾望而起。

連這個也是——

（他讓花盆的泥土自手縫緩緩流過）

還有這些——

（他指著製鞋的獸皮）

小孩：

風笛——

男子：

我會買一根風笛給你。

等你有了風笛，

所有的小孩都會跟著你

並且把他們的玩具給你——

小孩：

不，我要這根風笛，

有了它，母牛會來，還有小牛。

（男子牽起小孩的手離去）

鞋匠之妻（在門口）：

我心中也有一個慾望。

農夫，你何時才會有多餘的烤肉？

對我來說，那是

口腹之慾。

那是哪一種慾望呢？

幕落

第十六景

農舍的臥室。小孩熟睡。

男子：

到處都是牙齒，

你聽見它磨軋得多厲害嗎？

本該塞著燕麥的空洞之齒。

黑馬攀爬，

搖動鬃毛，

露出牙齒。

小牛用牠們的牙齒吸吮

讓乳房血跡斑斑——

黑麥柄被咬下——被牙齒，而非被老鼠——

聽到了嗎，老婆？

就在這房間裡，

那兒，那兒！

（她指著牆）

本該是磚塊的地方都成了牙齒——

老婆，泥水匠該上絞刑台——

妻子：

　別出聲，

　孩子正熟睡，

　發著高燒呢！

男子：

　現在它正嘎嘎作響，

　整個房子都嘎嘎作響——

　（他的牙齒打顫）

小孩（在夢中）：

　所有的樹在走動，

　所有的樹在走動，

　抬起根腳走動，

　在我吹奏風笛時——

男子（唱歌）：

　所有的樹蔭在走動，

　來吧，親愛的蓋棺布，

　為我蓋上白色的月牙。

　那不是隨著風笛從他嘴巴

　掉落的乳齒嗎——

　老婆，老婆，

牛奶有牙齒，

牙齒——

（有人敲窗戶）

男子（打開窗戶）：

誰呀？

麵包師傅：

麵包師傅漢斯。

這是給小安妮的甜扭結餅。

鐵製扭結餅——

波蘭的猶太麵包師給我的好招牌——

已經變紅了。

他們已在竊竊私語。

死去的孩子們不碰那些我在夜裡

為他們撒的扭結餅屑，

而把麥芽抽走了。

最近他們像一群黃蜂坐在店鋪櫃檯上。

那斜眼的孩子用腳踩木頭，

好似在取暖，

然後突然爬上天花板

像捕蠅紙一樣懸在那裡。

它在早晨掉落，

被蒼蠅吃個精光。

男子（讓被月亮照亮的窗玻璃咔嗒作響）：

瞧，你就是那樣對斜眼的孩子的——

這兒有甜扭結餅，

那兒有甜扭結餅，

直到他不再斜眼。

而今他讓你的日子斜離了正軌，

就像我的日子被乳齒咀嚼。

麵包師傅：

據說

你曾經殺死一個聖童？

男子：

胡說八道！

所有的孩童都神聖。

郵差（走過來）：

你們怎麼為殺孩童的事吵個不停？

麵包師傅：

愛哭鬧小孩的包裹投送員！

難道沒有寄件人

在上面註明「易碎品」的字樣嗎？

郵差：

我奉令

留意收件人，

而非寄件人。

醫生（自臥室走出）：

你的小孩——

妻子（走過來）：

小孩死了！

幕落

第十七景

鄉間道路。兩旁是濃密的松林。米迦勒走著。男子站在一棵松樹的後面。

米迦勒：

有一道目光刺穿我的背，

我被緊按住。

（他們彼此互看）

男人：

如果他的頭不突然後仰，

我是不會將他擊倒的，

乳齒也不會跟著風笛掉出。

但——那有違規令——

把頭往後仰——

必須糾正。

而他對著何處吹風笛呢？

是祕密信號嗎？

穿過大氣的祕密信號——

非任何事物所能控制——

救命啊，鞋匠，

乳齒正從地上長出——

開始咬我——

直接穿透我的鞋子——

我的雙腳正在崩碎——

變成泥土——

（尖叫）

這一切的秩序何在，世界的秩序——

我還活著，

尚未死亡——

未被吊死——

未被焚燒——

未被活生生地拋進土裡——

（大吼）

那是錯誤，是錯誤，

我在崩碎，崩碎——

我成了殘肢——

坐在沙上

剛才還是好端端的肉體——

（大氣擴散成許多圓圈。第一個圈圈裡，出現了在母親子宮裡的胎兒，額頭上有原始之光）

聲音：

具有神光的孩童，

洞悉謀殺者的掌紋——

男人：

我的手，我的手——

不要離開我，啊我的手——

（他的手崩碎）

（地平線擴展成最大的圓圈。淌血的嘴出現，彷彿落日）

聲音：

張開，

撒姆爾瘖啞的嘴！

撒姆爾的聲音：

伊萊！

（母親的子宮溶解成煙。原始之光緊緊依附在米迦勒的額頭上）

米迦勒：

崩碎的人啊！

他的眼睛變成窟窿——

光找到了其他鏡子。

透過這些窟窿——

觀看日蝕的眼鏡——

我透視你的頭顱，

它是那個世界的框架，

你奉令將之裝入其中

如同裝進戰士的背包——

它躺在那兒——痙攣著，

羽翼剝落的昆蟲之星——

裡面有隻偷取閃電的手

翻攪著——

烏鴉吃掉一隻人腿——

閃電吃掉那隻烏鴉——

我眼中再無他物——

聲音：

以色列的腳印啊，

快集合起來！

以色列最後的塵世時刻，

快集合起來！

受難的最後時刻，

快集合起來！

米迦勒：

自我腳下躍起。

自我手中俯衝而下。

有東西從我心中湧出——

聲音：

你的鞋子已磨成碎片了——來吧！

（米迦勒被握住，而後消失）

幕落

（劇終）

《伊萊》跋語

這齣神祕劇以年輕的鞋匠米迦勒為主角。在哈西德教派的神祕論中，他是上帝的祕密僕人之一（共有三十六名，他們全然不知自己的身分，負責肩負這隱形的宇宙）。根據先知以賽亞的說法，上帝將他用過的箭放回箭袋，這樣箭才能留存於暗處。因此，米迦勒「暗中」感覺到一種內在的呼喚——他必須找出殺害孩童伊萊的凶手。伊萊擁有一根牧羊人的風笛，用來召喚牲口——「如同雄鹿或雄獐——在井泉喝水前的姿勢」——當他的父母被帶走而遇害時，他朝天國高舉風笛，對著上帝吹奏。有個年輕的士兵認為這種舉動是祕密信號，而將這男孩打死（此象徵士兵之無信仰）。

米迦勒默默探索這由真理構成的傳說，在伊萊屍衣的光之投影上看到了凶手的面貌，並且在旅途中玄妙地重新經歷我們這茫然、無望的時代所發生的血腥事件。當凶手最後與米迦勒正面對視時，看到米迦勒臉上閃現出神聖之光，他隨即粉碎成灰

（懊悔之象徵）。

在這個似乎被某種隱祕的均衡所支配的夜的世界裡，受害者始終是無辜的。伊萊這個小孩和謀殺他的凶手的小孩皆死去，他們都是罪惡的犧牲品。

這齣神祕劇的創作，深受希特勒大屠殺氣焰極盛期某個可怖經驗的激發，是我逃到瑞典後花數個晚上寫成的。

一名孩童絕望地向神高舉牧羊人的風笛——這是人類在面臨恐懼時本能的突發動作。

那名士兵說：「如果他的頭不突然後仰，我是不會將他擊倒的。」那是非任何事物所能控制的信號——有可能是個祕密信號。

在這個世界上，人們已不再信任美善了。

寫作此劇時，我尋求一種節奏，務使表演者（即便透過表情或動作表演）能清楚感知哈西德教派神祕論的狂熱，與伴隨著我們每一個日常詞語的神聖光輝相遇。我始終小心翼翼地企圖將無法言說的事物提升到玄妙、超自然的層次，以使其具有持久性，並且在這個夜晚的夜晚，一窺箭袋和箭隱藏其中的神聖黑暗。

奈莉·沙克絲及其作品

赫利·容

1966年12月10日，奈莉·沙克絲獲頒諾貝爾文學獎，當天正好是她七十五歲的生日。這位始終默默地生活且寫作的女詩人在一夜之間成為國際矚目的焦點。在此之前，只有能閱讀德文原文的讀者體認到她的重要性。早在她的作品廣為流傳之前，巴赫曼（Ingeborg Bachmann）、艾辛格爾（Ilse Aichinger）、恩岑斯貝格（Hans Magnus Enzensberger）、阿勒曼（Beda Allemann）、策蘭（Paul Celan）和貝倫德松（Walter A. Berendsohn）等詩人及批評家即已對她大加推崇。恩岑斯貝格稱其作品為「唯一可與紀實報導之無言恐怖相媲美的詩的證言」，而品圖斯（Kurt Pinthus）將之形容為「或許是自《詩篇》作者們和先知們以降，六千年德國文學傳統中，語言表達的極致。」

德籍猶太女詩人希爾德．多敏（Hilde Domin）——她和沙克絲一樣，飽嚐放逐的苦楚——數年前寫給沙克絲一封公開信，信中對沙克絲作品的評論或許最具代表性也最沉痛。多敏談及一段惡夢般的回憶：那些有關集中營的戰後圖片顯示出一堆堆的屍骨——死者們看起來很像是遭到恐怖扭絞的木偶。一直到十五年之後，當她開始閱讀沙克絲的詩作時，這些死者才在其心中埋葬，也只有在那個時候，他們才沉澱為一般人對死者的那種記憶。沙克絲以悲苦的美感將其基本主題——大屠殺——做寓言性和象徵性的變奏，她變成了數百萬太常被人以冷漠無情的七位數的數字提及的受難者的代言人，並且她已種植下「百合在劇痛的赤道上」。

由是觀之，沙克絲的作品對數以千計的讀者——那些曾經歷納粹恐怖的劫後餘生者，以及那些只能自歷史記載和詩作去心領神會的讀者——具有滌化情感的作用。將個人悲劇變形成詩的靈視，對這位女詩人而言，未嘗不是一種精神治療。某種精神疾病曾使她數度進出療養院。唯有晚年所觸及的親情和友情的溫暖，才使她得以沉澱往事，驅走惡魔。她曾說：「死亡賦予我語言。」她的另一段話

——「寫作是我無聲的呼喊——我寫作，只因為我必須使自己解脫」，更顯示出她是卡夫卡靈魂上的姊妹。

沙克絲將其作品描寫成「劃過一畝白紙的一捆閃電」，她視自己為更崇高意念的接納者——她並不刻意成為寫大屠殺的女詩人，而是這個主題造就了這位女詩人。「這些將我帶至死亡和黑暗邊緣的恐怖經驗是我的老師。我的暗喻即是我的傷痕；只有透過此種方式，我的作品才能被了解。」她的詩作中一再出現的暗喻是星星、灰塵、沙（象徵過去，一如沙漏中的時間無情地消逝）以及蝴蝶（象徵超越及再生）。她的作品的基本架構是搜索者和被搜索者，謀殺者和被謀殺者之間的關係，是長久以來存在於劊子手與受害者間具有戲劇張力的事件。但她晚期的作品遠超越過此基點。受納粹迫害之苦難僅被視為猶太人追求千年至福之境艱辛過程的一個階段，或僅被視為全世界各地人類苦難演化史的一個時期。這段歷史——從亞伯拉罕的悲苦，到奧斯維辛，到廣島——被投射到充滿「吶喊的風景」的幻想世界：逃亡與蛻變的主題被投射到不受時間與空間限制的千年至福的未來。

奈莉·沙克絲在1891年12月10日出生於柏林，她是富裕的實業家威廉·沙克絲（William Sachs）和妻子瑪格瑞絲·卡格·沙克絲（Margarethe Karger Sachs）的獨生女。她的父親是一個音樂愛好者及業餘鋼琴家，這種富於藝術氣息的家庭環境，在小女孩心中注入一分對文學的喜愛以及成為舞蹈家的渴望。在她家的大花園裡（位於蒂爾加藤公園高級住宅區），這個優雅的小女孩和幼鹿嬉戲，並且閱讀諾瓦利斯（Novalis）、荷爾德林（Friedrich Hölderlin）、杜斯妥也夫斯基（Fyodor Dostoyevsky）、施蒂弗特（Adalbert Stifter）以及其他作家的作品。她的教育絕大部分是一種自學的家庭教育。十七歲時，她開始寫作，大部分是些營造氣氛、略帶哀愁、傳統韻腳的新浪漫主義詩歌（包括十四行詩），以及帶有神話色彩的木偶劇。茨威格（Stefan Zweig）這位提攜諸多後進、觀察敏銳的良師，早就認定沙克絲的努力必有所得，儘管她的作品與當時表現主義的主流價值並不相符，但是他仍察覺出她詩歌裡的某種迷人神韻。然而，我們鮮能或根本無法自沙克絲的早期作品看出，後來——受其同胞所受的苦難經歷所激發——她的創作天賦所結出的豐碩成果。

1921 年，沙克絲出版了厚達 124 頁的詩集《傳說與故事》（*Legenden und Erzählungen*）。沙克絲自小在兼容並蓄的環境中成長——一個摻雜了神祕主義色彩的基督教理性世界——因此，她所寫的傳說有些全是基督教的論調（其中有一首即以「聖像」為題），並不足為奇。年輕時，沙克絲的創作植根於兩大思維領域：德國浪漫主義（天主教統馭的中世紀）和德國神祕主義（尤其是十七世紀德國思想家波墨的神祕論）。她深受波墨（Jakob Böhme）的見解所影響——波墨認為神性和世間萬物都具有一種彼此對應的特徵：光明與黑暗，善與惡，溫馴與凶暴，愛與恨，既和諧相容也對立互斥。此後若干年，她的詩作刊登於《福斯日報》（*Vossische Zeitung*）、《柏林日報》（*Berliner Tageblatt*）等報刊，但《柏林日報》主編赫希（Leo Hirsch）編選了一本沙克絲詩集，推薦給頗負盛名的島嶼出版社（Insel Verlag），卻未被接受。1933 至 1938 年間，她陸續於《青年》（*Die Jugend*）、《晨報》（*Der Morgen*）與一些猶太報章期刊發表作品，但大體上依然默默無聞。1933 年之後，她的許多作品都佚失了，沙克絲後來也不願重提和重出她早期的作品。

沙克絲對猶太教和基督教的共通根源以及《光之書》（*Sohar*）頗感興趣。《光之書》是猶太教神祕哲學的偉大著作，追溯到十三世紀末期，沙克絲發覺其中許多精闢見解和波墨的論點十分類似。受到馬丁・布伯（Martin Buber）的影響，她閱讀《舊約》，尤其是《詩篇》。猶太教的神祕論——具體言之，哈西德派猶太教——對其作品也具有顯著的影響。

父親去世（1930 年）之後，沙克絲陷入德籍猶太民族的悲苦境遇，目睹許多親友被抓、身亡。1940 年，她和長年患病的母親倖免於勞改營的苦役，並在瑞典女作家拉格洛芙、瑞典皇室尤金王子等人的大力協助下，得以移民瑞典。尤金王子經勇敢的德國女士達妮特（Gudrun Harlan Dähnert）通報才獲悉沙克絲和她母親的困境。

沙克絲是瑞典偉大作家拉格洛芙的長期讀者，也深受其啟發、激勵。她自十五歲起即與這位女作家通信，並把處女作《傳說與故事》題獻給這位「閃耀的楷模」。但命運弄人，在沙克絲抵達斯德哥爾摩的數月之前，拉格洛芙與世長辭。

初到瑞典後，沙克絲即忙著學瑞典文，漸能純熟駕馭後，她以翻譯（將瑞典詩譯成德文）為生，出版了埃德菲爾特（Johannes Edfelt，他後來也將沙克絲的作品譯成瑞典文）、埃凱洛夫（Gunnar Ekelöf）、林德格倫（Erik Lindegren）和其他作家的譯本，頗獲好評。但沙克絲絕大部分的時間都用來照顧她的母親——她的母親於 1950 年去世，享年七十八。

在照料母親的這段歲月裡，大屠殺的受害者無時不縈繞於她們兩人的談話、記憶、夢境和夢魘中。沙克絲每每在夜晚憶及這些受害者，以創作為他們難以言喻的苦痛發聲。儘管沙克絲有機會結識年輕一輩瑞典作家，但是在 1960 年以前，她或多或少生活於文化隔閡的狀態，她與那個時代的德國文學及其寫作者，乃至於當時日常生活中使用的德語，都少有接觸。

補助費和獎金使她晚年的物質生活較為寬裕。她七十歲的生日的賀禮是她六部詩集的合集《無塵之旅》（*Fahrt ins Staublose*）的出版。

1960 年，她回德國領「徽爾斯霍夫獎」，這是她二十年來首度返回祖國。這個獎以十九世紀最重要的德國女詩人安內特・馮・德羅斯特・徽爾斯霍夫（Annette von Droste-Hülshoff）為名，標示了沙克絲所植根的傳統和文學地位——她與拉斯克・許勒（Else Lasker-Schüler）和柯爾瑪（Gertrud Kolmar）同為本世紀最重要的德國籍猶太作家。

1965 年 10 月，她前往法蘭克福，在歷史悠久的聖保羅大教堂領取「德國書商和平獎」。這個獎曾頒給史懷哲（Albert Schweitzer）、馬丁・布伯（Martin Buber）、桑頓・懷爾德（Thornton Wilder）、保羅・田立克（Paul Tillich）和馬克斯・陶（Max Tau）。沙克絲是第一位女性得獎人。這座和平獎的頒獎詞如下：「沙克絲的詩作是不人道時代猶太人命運的證言；它們象徵著一種和解。她的抒情詩和劇作是德語作品的極致，是寬恕、解脫與和平之作。」

她原先居住的兩間房的小公寓座落於「伯格森德湖濱街」（Bergsundstrand）23 號，俯瞰梅拉倫（Mälaren）湖，房間的布置以她心愛的色調——寶藍和淡粉紅——為主。在她 1970 年去世之前，對那群不斷增加的朋友和崇拜者而言，這位嬌小虛弱的婦人始終是位優雅的女主人。她的遺囑載明：她近半數的諾貝爾文學獎獎金以及出版的全部所得均作慈善用途，用來照顧無家可歸的孤兒（不分種族、宗教）。

沙克絲的詩作具有某種著魔，神祕且充滿靈視的本質，不易理解。她的「隱形的宇宙」的概念具有宇宙論的恢宏氣度和繁複的象徵意義，對時代和人類境況的根源懷抱探索的渴望。她企圖透過她的詩使這個時代令人費解的事件變得明晰、有意義。雖然她的作品幾乎都是無韻、自由流動、深具律動感的詩作，但沙克絲對詩藝的講求，審慎、嚴謹一如荷爾德林、諾瓦利斯或里爾克（Rainer Maria Rilke）等諸前輩。她那高度意象化的語言具有悠遠且永恆的特質——一種優雅但時而特異的德文，帶有神祕主義和浪漫主義色彩、希伯來經文（沙克絲只看懂德文譯本）風味，且充滿取自猶太神祕論的意象。在她的作品裡，我們可覺察出一種全然無關乎教條的宗教虔誠。她詩中所召喚的《舊約》人物皆是基本宗教經驗中具神話色彩的代表性人物。《舊約》和《新約》裡的神的觀念——前者視神為復仇之神，後者視神為慈愛之父——都未能在她的作品中成形。一如哈西德派猶太教，她的神既超越宇宙，也存在宇宙萬物之中。耶穌被視為人類苦難的崇高化身，沙克絲渴望世間萬物回歸超自然之國度。

第二次世界大戰後，沙克絲接連出了好幾本詩集，推翻了阿多諾（Theodor W. Adorno）的斷言：「奧斯維辛之後再也不可能創作出任何詩歌」。在 1946 年寫給表弟曼弗雷德．喬治（Manfred George）的一封信裡，沙克絲曾表明她的願望——她希望戰後的猶太藝術家關心他們血液的聲音，這樣古老的泉水才可能再度噴湧。至於她自己——「我將永不休止地依循我同胞走過的熾熱且布滿星星的道路，一步一步地，用我貧瘠的才華做見證。」

1933 年的創作休止期（「巨大的恐懼到臨時／我啞口無言」）之後的第一本詩集《在死亡的寓所》（*In den Wohnungen des Todes*）於 1947 年在東柏林出版。這本詩集和劇本《伊萊：一齣有關以色列苦難的神祕劇》（*Eli: Ein Mysterienspiel vom Leiden Israels*）是她日後創作的源頭。《在死亡的寓所》一書題獻給「我死去的兄弟姊妹」，不僅收錄〈噢，煙囪〉和〈一個死去的孩童如是說〉等引人注目的詩作，還包括另外三組聯篇詩作：「為死去的新郎的祈禱詞」、「午夜後的合唱」以及押韻的「寫在空中的墓誌銘」（致小販、女畫家、舞蹈家、史賓諾沙學者、懦弱的女子、岩石收集者、傀儡戲表演者等人，皆以姓名的大寫字首標示出）。逃亡和追捕的主題，獵者和獵物的象徵，是她詩作的思想核心，而她偏愛以聯篇詩歌的形式表達。

沙克絲在下一本詩集《星群的晦暗》（*Sternverdunkelung*, 1949）——為紀念父親而作——表達出她對以色列民族的堅毅不屈和其所負的使命不滅的信念，譬如在〈如今亞伯拉罕已經抓住風的根〉和〈以色列的土地〉這些詩作，我們看到女詩人對新建國的以色列感到驕傲也懷抱希望。

沙克絲認為在我們這個時代數百萬的人死於非命——人為的、透過機械執行的、集體的死亡。在《星群的晦暗》一書中有一首頗為撼人的詩作，描寫「戈侖死神」（或可稱「泥人死神」、「機器人死神」）——他成為世界的肚臍，他的骷髏骨架張開雙臂，一副假惺惺祝福的模樣。

《而無人知道該如何繼續》（*Und Niemand weiß weiter*）於1957年出版；《逃亡與蛻變》（*Flucht und Verwandlung*）於1959年出版。1965年發行的詩集《晚期詩作》（*Spaete Gedichte*）收錄了沙克絲

的長篇組詩《熾熱的謎語》（*Glühende Rätsel*），沙克絲曾為這些「抒情詩斷片」的其中多首做了錄音——以一種儼然祕密符咒般的風格——她的詮釋溫和但執著，撩人心緒也激勵人心。這是濃縮、謎樣、精簡的奇異詩作，以一種新式的簡潔探入神祕的邊界，以語言觸動沉寂，將塵世的一切剝減到最赤裸的本質。《搜索者》（*Die Suchende*）是 1966 年夏天寫成的一組詩作，為慶祝沙克絲七十五歲生日而付印發行（厚 16 頁，初版共兩千冊）。與她長期合作的蘇爾坎普出版社（Suhrkamp Verlag）後又出版了一冊她《最後的詩作》。

沙克絲的戲劇選集出版於 1962 年，名為《沙上的記號》（*Zeichen im Sand*），共收錄十四篇劇作（簡短的實驗劇、神祕劇、即興演出劇、短劇……）以及劇場研究筆記。沙克絲顯然開始藉這些「戲劇詩」或「詩劇」來表達她在詩歌中無法表達的事物。現實與幻象融成一體，話語以啞劇和舞蹈的形式流瀉出。她構想出一種新的芭蕾，揉合了語言和手勢，表情和陳述，讓話語透過律動和動作說出——彷如氣息般吐出——更形透亮，也更有力量。大體而言，這些大膽的舞台設計在實際演出時是十分具有挑戰性的。有一幕戲附有這樣的說明：「此場景須求諸於人類的視網膜上。」沙克絲曾如此述說另一幕戲：「這場獵人與獵物，劊子手與受害者之間的永恆競賽應在最深的平面上演出。」她的戲劇彌漫著此一關乎人類的可怖問題：「為什麼需要用邪惡來創造聖人和殉難者？」

1943 年，沙克絲聽到歐洲納粹慘無人道的駭人暴行之後，花了幾個晚上的時間，以十分激動的情緒和具有靈視的狂熱寫成《伊萊》一劇。此劇探討大屠殺所帶來的影響遼闊的後果，故事發生於一個已被摧毀的波蘭猶太區，這裡住著少數逃過屠殺的倖存者，他們對過去的恐怖記憶猶新，試圖重建受創的身心。過去和現在，死者和生者，現實和象徵交織、融合。此劇分成十七個環結鬆散的場景，以倒敘的手法描述戰爭期間一名八歲牧童的悲劇，其間穿插了「三十六個義人」的傳奇——這群人支撐、支托著「隱形的宇宙」，具有無懈可擊的洞察力以及尋找宇宙萬物之關聯的天賦，他們努力讓人世間破壞和癒合這兩股力量長獲平衡，註定穿破以色列的流浪之鞋。米迦勒（Michael）即是這樣的上帝的選民，而且他是——再恰當不過了——補鞋匠，和思想家波墨同行。男孩伊萊在悲痛中對著天空吹奏風笛，卻被一名德國占領兵殺害了。米迦勒追尋凶手，是唯一貫穿全劇的情節。當米迦勒追蹤到那名士兵時，復仇之柄並未在他的手中。這名德國人被米迦勒猶太聖者般目光之光輝所灼燒，被伊萊的牙齒所咬，他完全崩潰了，身體真的崩碎了。米迦勒完成了塵世的使命，前往領受他的獎賞。

沙克絲曾為這個劇本寫下這樣的註腳：「在這個似乎被某種隱祕的均衡所支配的夜的世界裡，受害者始終是無辜的。」她企圖把無法言說的事物提升到玄妙、超自然的層次——「以使其具有持久性，並且在這個夜晚的夜晚，一窺箭袋和箭隱藏其中的神聖黑暗。」沙克絲所使用的語言充滿了猶太教哈西德派神祕主義的狂熱，她的句法時而表現出意第緒語的節奏。整齣戲暗喻豐富，充滿了哀傷與神奇，把啞劇的動作、音樂和舞蹈融入演出中。1962年，在德國舞台上首演前後，《伊萊》一劇曾在德國、瑞典和英國的廣播電台播出，作曲家史蒂芬斯（Walter Steffens）更將它改編成歌劇，於德國西部的多特蒙德（Dortmund）上演。

沙克絲的詩歌和劇作反映出她和殉難的同胞以及各地受苦受難的人們一體的情感，與其說她的作品是控訴，不如說是對詩歌和此類文字的啟迪和治療力量深具信心者的悲嘆。當她憶起殉難者時，她哀悼人類的墮落。她擔心經過這次火的試煉之後，世界依然我行我素，平白糟蹋了用憂傷歲月換取的可貴意義：

> 地球上的民族
> 不要摧毀了語字的宇宙
> 不要讓仇恨的刀刃撕裂了
> 隨著第一次呼吸誕生的聲音

沙克絲對「建新屋」的人提出建言：「建築吧，當沙漏涓涓滴下，／但不要將時光／連同那遮暗光線的塵土／一起哭泣掉。」她願意提醒信仰相同的朋友：新的事物無法用仇恨和報復的石塊建成，猶太人是上帝的選民，背負著必須比他人忍受更多磨難的重擔——或許也可說是特殊榮幸。

《光之書》裡有這麼一段話：「我們上方的天堂裡有許多地方只為歌唱之聲開啟。」這種聲音即是奈莉．沙克絲的聲音。

譯註　赫利．容（Harry Zohn），布蘭戴斯大學德國語言與文學教授。

奈莉・沙克絲，猶太精神與《舊約》傳統

史蒂芬・史班德

馬克思和恩格斯稱共產主義為籠罩十九世紀歐洲的幽靈。二十世紀的事件不再像從前只停留在鬼魅的階段，它們已在歐洲大陸堆積起真正的屍體：蘇聯大整肅和納粹毒氣室的受害者，以及兩次世界大戰的死者。如果說歐洲和美洲的詩人對這些大屠殺未做出任何反應，這是錯誤的。他們的反應多半非直接針對那些恐怖的罪行，而是間接指向它們對整體文化境況所帶來的影響。「戴頭巾的遊牧民族蜂擁／於無垠的平原上」的悲痛傳達出文化的斷裂，傳統價值觀的瓦解。以往的悲劇通常聚焦於某個具有象徵意味的崇高受害者——釘在十字架上的英雄——所經歷的苦難，讓觀眾或讀者產生共鳴，並在其身上找到自己內心最深處的恐怖感。以數

百萬人民的死亡為詩歌題材的想法讓這樣的傳統受到威脅，因為詩作裡有數萬個悲劇英雄，形同將伊底帕斯王、哈姆雷特和李爾王集體淹沒於無名的汪洋。在西方傳統裡，無名的受害者從來不是悲劇的素材。因此，某些經歷過城市毀滅和集中營恐怖而倖存的中歐詩人同意阿多諾的說法：「奧斯維辛之後」再也不可能創作出任何詩歌。

在詩歌的想像與當今世界最恐怖的現實正面衝撞之時，為何歐美詩人認為繼續創作詩歌的一切標準已被摧毀，這與其自身傳統有關。然而，在頗為不同的猶太傳統下，沙克絲為何能寫出數百萬同胞在毒氣室慘遭屠殺的詩作，且似乎不認為這是不適合入詩的題材，不認為他們的詩作描繪出絕望的「荒原」和文明的末日，也不認為他們寫的是有違詩歌傳統的「反詩歌」——這也是有原因的。

沙克絲於 1891 年出生於柏林，初期師承歌德和席勒的德國浪漫派風格。在希特勒當權之後，她才轉向猶太神祕哲學尋求典範。恩岑斯貝格在沙克絲《詩選集》的導言中寫道：「書本和碑銘，檔案文件和字母：這些是反覆出現於她的作品中的概念。」當她於 1940 年逃到瑞典時，仍繼續用德文寫作。

沙克絲的《舊約》傳統與拉丁、希臘以及基督教的西方傳統截然不同，在她的作品裡也以截然不同的風貌呈現。對西方讀者而言，猶太傳統和歐洲傳統之間的差異有助於理解大屠殺時代的現代詩人所面對的問題。在《舊約》裡，詩歌在本質上不是一種目的，而是透過語言去實現和國家的歷史同等悠久的生命願景。因此，傳統的猶太詩人／先知在書寫時，並非僅以單一藝術家的身分表達獨有的情感以造福其他個體。相反地，他是人民的聲音。對猶太民族而言，宗教是國家成立的要素，個人在國家追求千年至福的意識中是微不足道的。猶太詩人寫詩的目的是教誨的，帶有神祕色彩的，而非美學的。

沙克絲的作品中最生動呈現出的生命是被殺害者的生命。這並不是說她的詩作中有任何無緣由的恐怖或屍骨堆疊的畫面。她將素材加以轉化，賦予精神層面的意義，但恐怖感並未因此減弱。或許可以說：在她的作品中，恐怖轉變成臨終祈禱式的極度悲痛，比粗暴的事實更為駭人，但也更平靜、更決絕。這些詩形同我們和死者之間的一層薄紗。沙克絲詩中煙霧和蝴蝶的意象營造出神祕、上升、稍縱即逝的氛圍。她寫道：

蝴蝶
萬物的幸福夜！
生與死的重量
跟著你的羽翼下沉於
隨光之逐漸圓熟回歸而枯萎的
玫瑰之上。

多麼可愛的來世
繪在你的遺骸之上。
多麼尊貴的標誌
在大氣的祕密中。

在《舊約》傳統中，詩人是背負猶太宗教與國族之天職的先知和見證者；在歐洲傳統中，詩人則是為其他的個人主義者寫作的個人主義者。對猶太人而言，他們害怕個人會發展出和國家疏離的意識。以上帝選民自居的猶太人在磨難中所抱持的心態不同於其他任何國家的民族主義，也不同於集產主義或無產階級的階級意識。對歐洲傳統下的人民而言，他們的恐懼正好相反：他們害怕個人不復存在的黑暗時代會降臨——再無能夠獨立教化自我的傑出創造者和心靈。

希臘、基督教、文藝復興時代和現代的悲劇都把每一位觀眾最深沉的感情和想像力豐富的生命投射到主角身上。主角往往出身尊貴富豪之家，免受常讓一般人陷入厄運的貧窮和悲慘之苦。他的處境強調某種獨特性——此種獨特感正好與每位觀眾心中各自且獨自認為的獨特感相呼應。他所承受的被理想化的折磨觸動了每一觀眾最深沉、最疏離的意識的共鳴之弦。因此，如同在我們這個時代所見，當數萬人成為某些人折磨的對象而引發另一些人憐憫之時，歐洲亞里斯多德的悲劇準則便開始受到挑戰。大屠殺迫使我們把受害者看成無名的抽象事物（如艾略特在〈荒原〉一詩所呈現的），或者把每一個受害者當成主角。無論兩種情況中的哪一種，歐洲傳統都冒著置身於極端態度之風險。有些詩人對「戴頭巾的遊牧民族」的磨難視而不見，在亞里斯多德或尼采學說尋求立足點。葉慈認為詩歌應該在死者的墳上舞蹈。在曾親睹屠殺和滅絕的年輕一代的眼裡，傳統主義者拒絕想像如此重大的苦難經歷，顯然是不人道的。然而，把數以千計的受害者視為悲劇的男女主角，對倖存者而言是莫大的壓力，在藝術上也有不誠懇的疑慮。因此，以歐洲傳統的角度觀之，大屠殺的苦痛是文明瓦解的前兆。受害者成為「客觀存在的力量」，在文明週期近尾聲時，將人類的個體性抹除殆盡，一如葉慈在其「月相」之隱喻系統中所指陳的。

希臘和《新約》傳統聚焦於犧牲者的孤寂形象——普羅米修斯一類的「倒吊者」，基督，或伊底帕斯王。因此，詩人無法把影響數百萬人的災難寫成悲劇。的確，這樣看來「人民」的定義是工人階級、凡夫俗子、社會一分子、中產階級，或者——最令人心酸的——壕溝中的士兵。無論他們多麼值得被視為憐憫的對象，都因自覺力不足而無法成為悲劇人物。如果其中任何一人——某個「無名的裘德」（Jude the Obscure）——被作家描寫成悲劇性人物，那是因為他已然是祕密英雄，而且他的默默無聞具有嘲諷意味。當社會主義者談到由人民統治的未來時，他們的意思是所有的人民都將成為獨立的個體。

沙克絲詩裡的悲劇是歷史上猶太國族的悲劇——不只是她同時代者的悲劇，甚至不只是遭滅絕者的悲劇。但這並不表示她的詩作對個別的人無情感可言。在〈如果我知道〉一詩裡，沙克絲為我們展現對所愛之人的親密感情，但感情和個人都溶入所有受害者的處境中：

> 如果我知道
> 你最後的目光停留在哪裡就好了。
> 是一塊喝了太多最後的目光
> 致使他們盲目地
> 跌落於它的盲目之上的石頭嗎？
>
> 或者是泥土，
> 足以填滿一隻鞋子，
> 並且已然變黑
> 因如此多的別離
> 以及如此多的殺戮？

詩中的「鞋子」指的是訪客依然能看到的收存於奧斯維辛的數千隻鞋子——小孩和成人穿著進入集中營的鞋子，進入毒氣室之前被集中放置的鞋子，走過沙漠的鞋子，帶領猶太人自當代世界進入他們歷史的領域之鞋子。

對我們而言，這類詩歌為明擺在眼前的事實做了見證：希特勒的「最終解決方案」（Die

Endlösung，系統化滅絕歐洲猶太人之計畫）所收到的成效和他原先預期的正好相反——它摧毀了數百萬個個體，卻也讓他們在家國的意識之中復活。希特勒多次想方設法企圖將猶太人自地球表面剷除。這個滅絕計畫是最近期的行動，也最為恐怖——因為有現代科學的資源做為幫兇。在此時空所發生的難以言喻、令人費解的駭人事件反而展示了猶太人——對其特殊命運和天職——始終如一的堅持。在沙克絲的詩作中，猶太人重回以往的角色——流放的民族，遭集體屠殺與迫害的民族，離散與歸鄉的民族，誓約和諾言的民族。

若因此說「最終解決方案」讓猶太人因禍得福，則不免輕佻草率。這種說法違反了悲劇的本質。因為悲劇是真正的死亡，雖然可能從中再生出某個帶著神聖喜悅之意念，但這並不能稍減毀滅之殘酷事實。絕望和希望，犧牲和諾言——同樣真實具體卻無法相容的對立物——並存於猶太的歷史中。在〈獲救者的合唱〉一詩裡，沙克絲陳述了告別即是相會此一弔詭情境：

我們，獲救者，
我們緊握你的手

我們直視你的眼——
但唯一將我們結合在一起的就是告別，
塵土中的告別
將我們和你結合在一起。

一如煙霧，塵土也是蛻變的象徵。

非猶太的讀者可能覺得這些作品過於強調苦難，給人某種過於冷酷、逼人的嚴肅感。對這類異議，唯一的回答是：生為猶太人始終都是一件嚴肅的事情。苦難似乎是最能觸動猶太意識裡最深沉之樂音的琴弦。《舊約》中所展現的生命觀不是喜劇（即便是但丁式的——從恐怖、不幸到幸福、救贖此一「喜劇」似的歷程），也不是希臘悲劇或莎士比亞的悲劇。猶太民族在世界史上一向扮演著對國家念茲在茲的角色，其堅持的方式不同於其他任何國家，其堅持的強度讓「國家主義」一詞充其量只是個粗俗的模仿品。在猶太史上，國家的定義是人民與上帝合而為一。這樣的國家意識使他們鮮有餘力去接納其他任何觀念。或許他們憧憬著一個植根於快樂的猶太未來，讓以色列得以掙脫苦難的輪迴。

沙克絲的詩觀不是表現自我，不是自白，也不是自我滿足、自以為是的矯作物，而是（如前所述）

富有宗教虔誠的——然而是帶著神祕主義色彩，而非「正統教」式的虔誠。她在苦難中不斷追尋，繼而發現其形而上的意義。

從上述原因，我們可知為什麼歐洲個人主義傳統下的詩人多半無法直接處理集體苦難的題材。如果他是主觀的詩人，在受害者集體苦難的對照之下，他個人的性格和情感（包括對他人的憐憫）會顯得微不足道。集體的苦難似乎會讓他的情感負荷力和他的詩觀都成為笑柄。每一個受害的個體似乎都可以成為悲劇英雄，就像英國詩人歐文（Wilfred Owen）在 1918 年給席特威爾（Osbert Sitwell）的書信中所描述的在西線的他手下的戰士：

> 昨天我工作了十四個小時——教耶穌按部就班地扛他的十字架，以及如何調整他的棘冠；還教他不去想像自己口渴，熬到最後的休息令下達之後。

歐文的詩保有濟慈式的豐美，但是他的主題卻嘲諷濟慈對想像之感性世界的信仰。他以直白的戰爭的意象模擬、反諷浪漫主義的豐美意象：「心啊，你從不炙熱／也不碩大，不像被子彈撐大的心臟那樣飽滿」；「你窈窕的體態／顫動，卻不似被刀刺彎的四肢那般優美」。「那是為你的詩集而寫的」。真正的痛楚突然對富有詩意的苦態展開攻勢，赤手空拳就將之勒斃。這類詩頂多只能充當載傷者入院的救護車。歐文在他那篇著名的序文中說：「我的著眼點不是詩歌。我的主題是戰爭，以及對戰爭的憐憫。詩歌即蘊含於此悲憫之中。」

歐文對集體苦難的態度是讓每一個兵士都成為悲劇英雄，成為引起詩人共鳴的同情和恐懼的對象。而勞倫斯（D. H. Lawrence）年輕時對戰爭的看法幾乎完全相反。他非但無法對受害者的苦難產生共鳴，反而表現出強烈的憎惡，因為他們違背了他個人的主觀意識，因此他尖酸刻薄地反對一切接受戰爭的人，不論他們是政客或士兵，是英國人或德國人。在參與戰鬥並且容許自己被殺害之時，他們已然選擇與死亡站在同一邊；在拒絕同情他們並且勇於反抗地表現自我之時，勞倫斯等於和生命站在同一陣線。勞倫斯不是和平主義者，他不同情受害者，他痛恨他們被殺、被傷，他拒斥他們對憐憫委婉的需求。雖然他娶了德國妻子，但是他將德國人視為一切仇恨的罪魁禍首，並將自己的憤懣發洩在他們身上。1951年，他在給摩芮兒夫人（Ottoline Morrell）的信裡寫道：「我想殺死一百萬個——兩百萬個——德國人。」他從自我意識逼出那股意志力，成就獨特的個體性，以抗拒蘊含於周遭文明的死亡慾望：

> 我不願意再活在這個時代。我知道這時代的真相，我排斥它，盡可能地站在這時代的外面。我會活下去，如果可能，會開開心心的，雖然整個世界正驚恐地向無底的深淵滑落。

他覺得戰爭威脅到他自己個體的獨特性，所以他排斥參與戰爭的那些人的獨特性，為了維護他自己以及另外一些人的生命，他進行一場私人的戰爭：

> 到頭來，一切都不重要了，除了尚存於個人內心的微小、堅實的真理火焰——它不會在冒瀆、不敬之生活的氣流中被吹散。

在本文開頭，我曾提到阿多諾教授的斷言：「奧斯維辛」之後再也不可能創作出任何詩歌。他的說法得到了一些年輕歐美詩人的附和，他們批評當代詩人，說他們的作品仍延續歌頌英雄式的不人道題材，或者說他們對倖存但支離破碎的歐洲傳統存有自我毀滅式的同理心。這些年輕詩人因此有計畫地寫作了他們所謂的「反詩歌」——全然揚棄了「詩歌」。以下是波蘭詩人魯熱維奇（Tadeusz Tadeusz Różewicz）的陳述：

> 我無法理解何以創作詩歌的人死了而詩歌還繼續存在。我寫詩的前提和動機之一是對詩歌的反感。令我憎惡的是：世界末日之後，何以詩歌還能若無其事地存活？

沙克絲可能會如此回答魯熱維奇：別人認為的世界末日在《聖經》傳統裡正是詩歌的開端，而且一向如此。魯熱維奇還說他的詩是「用文字的殘渣，自沉船打撈的文字，用乏味無趣的文字，自巨大的垃圾場和公墓回收的文字」寫成。

漢伯格（Michael Hamburger）在其《詩的真理》一書中對此有如下評論：

> 「巨大的垃圾場」和「巨大的公墓」就是第二次世界大戰迫使魯熱維奇和其他許多歐洲詩人非得面對的現實。

姑且不論魯熱維奇是否刻意偏頗，重要的是他的感受：他認為「奧斯維辛之後」的詩人不該再寫自己主觀的情感，不該再用語言創造精美的藝品——具美感之物。1966年，魯熱維奇寫道：「製造『美感』以誘發『美學經驗』，我認為那無惡意但荒謬、幼稚。」他宣稱他寫作是「為了受驚恐的人，為了任憑宰割的人，為了倖存者。我們——那些人和我——都是從頭開始學習語言。」

如此誠懇的陳述令人欣賞，但是對其結語——詩人「若無其事」地繼續書寫是褻瀆之舉——我們不免要提出異議。生命仍繼續下去，人們也將繼續探索人際關係和日常生活經驗的主題。然而，魯熱維奇的論調卻也的確讓我們正視一個事實：集中營、轟炸、人口被迫遷移……使得從以往一直延續到1939年的文藝復興時代的個人主義藝術的根基受到了動搖。歐文（波蘭作家可能不曾聽說過的詩人）以及他那「詩歌蘊含於悲憫之中」的呼喊，最終還是讓恐懼和屠殺湧入整個歐洲傳統。

於是我們特別感興趣地轉而閱讀沙克絲這樣的詩人，她所從出的文化（國家和宗教）有著如此不同的悲劇觀：對猶太人民而言，悲劇的功用在於喚醒人民——猶太民族——的國族意識。因為篇幅有限，本文不克探討今日全球性災難的威脅是否是開創比個人主義更具公有性之世界意識的肇端，以及是否因此能產生出在態度上更接近猶太詩人——而非二十世紀初那些偉大的英美個人主義詩人——的詩歌創作。

譯註　本文譯自英國現代詩人、評論家史蒂芬・史班德（Stephen Spender）為奈莉・沙克絲詩選所寫序文，標題為本書譯者所加。

奈莉・沙克絲寫作年表

1891年　12月10日出生於德國柏林，為實業家威廉・沙克絲（William Sachs）與瑪格瑞絲・卡格・沙克絲（Margarethe Karger Sachs）之獨生女。

1908年　十七歲。開始寫作。初期作品大多是浪漫、傳統的詩作。

1921年　出版詩集《傳說與故事》（*Legenden und Erzählungen*），厚124頁。

1929年　至1938年間，詩作發表於《福斯日報》、《柏林日報》、《青年》及《晨報》等報誌。

1930年　父死。

1940年　得瑞典女作家拉格洛芙（Selma Lagerlöf）之助，與母親一同逃出納粹德國，移民瑞典。

1943年　寫成詩劇《伊萊：一齣有關以色列苦難的神祕劇》（*Eli: Ein Mysterienspiel vom Leiden Israels*）。

1947年　詩集《在死亡的寓所》（*In den Wohnungen des Todes*）在東柏林出版。出版德譯二十世紀瑞典詩選集《波浪與花崗岩》（*Von Wolle und Granit*）。

1949年　詩集《星群的晦暗》（*Stemverdunkelung*）

出版。

1950年　母死，享年七十八歲。

1951年　詩劇《伊萊》在瑞典出版，為限印版，共兩百冊。

1957年　詩集《而無人知道該如何繼續》（*Und Niemand weiß weiter*）出版。出版德譯瑞典現代詩選集《但太陽也沒有家鄉》（*Aber auch diese Sonne ist heimatlos*）。

1959年　出版詩集《逃亡與蛻變》（*Flucht und Verwandlung*）。獲德國工業聯盟文化獎。

1960年　回德國領「徽爾斯霍夫獎」。

1961年　詩作合集《無塵之旅：奈莉・沙克絲詩集》（*Fahrt ins Staublose : Die Gedichte der Nelly Sachs*）出版。獲德國多特蒙德（Dortmund）文學獎。詩集《死亡依舊慶祝生命》（*Noch feiert Tod das Leben*）出版。

1962年　戲劇選集《沙上的記號：奈莉・沙克絲戲劇詩》（*Zeichen im Sand : Die szenischen Dichtungen der Nelly Sachs*）出版，共收入十四篇劇作。

1963年　《詩選集》（*Ausgewaehlte Gedichte*）出版。

1965年　獲德國書商和平獎。詩集《晚期詩作》（*Spaete Gedichte*）出版，收入組詩《熾熱的謎語》（*Glühende Rätsel*）等作品。

1966年　出版詩集《搜索者》（*Die Suchende*）。12月10日，七十五歲生日，獲頒諾貝爾文學獎。

1970年　5月12日逝世於瑞典斯德哥爾摩，享年七十九歲。同日，好友猶太裔德語詩人策蘭（同年4月20日去世）於巴黎出殯，兩人間的書信集（*Paul Celan, Nelly Sachs : Briefwechsel*）後於1993年首度出版。

1971年　詩集《裂開吧，夜：最後的詩作》（*Teile dich Nacht: Die letzten Gedichte*）出版。

國家圖書館預行編目資料

蝴蝶的重量 : 奈莉・沙克絲詩選/奈莉・沙克絲(Nelly Sachs)著 ; 陳黎, 張芬齡合譯. -- 初版. -- 臺北市 : 寶瓶文化事業股份有限公司, 2022.01
面 ; 公分. -- (Island ; 314)
ISBN 978-986-406-274-4(平裝)
875.51 110022616

Island 314

蝴蝶的重量——奈莉・沙克絲詩選

作者／奈莉・沙克絲（Nelly Sachs）
譯者／陳黎・張芬齡

發行人／張寶琴
社長兼總編輯／朱亞君
副總編輯／張純玲
資深編輯／丁慧瑋
編輯／林婕伃
美術主編／林慧雯
校對／林婕伃・劉素芬・陳佩伶・陳黎・張芬齡
營銷部主任／林歆婕　業務專員／林裕翔　企劃專員／李祉萱
財務主任／歐素琪
出版者／寶瓶文化事業股份有限公司
地址／台北市110信義區基隆路一段180號8樓
電話／(02)27494988　傳真／(02)27495072
郵政劃撥／19446403　寶瓶文化事業股份有限公司
印刷廠／世和印製企業有限公司
總經銷／大和書報圖書股份有限公司　電話／(02)89902588
地址／新北市五股工業區五工五路2號　傳真／(02)22997900
E-mail／aquarius@udngroup.com

法律顧問／理律法律事務所陳長文律師、蔣大中律師

著作完成日期／一九七〇年
初版一刷日期／二〇二二年一月二十一日
ISBN／978-986-406-274-4
定價／三八〇元
Published by Aquarius Publishing Co., Ltd.

愛書人卡

感謝您熱心的為我們填寫，
對您的意見，我們會認真的加以參考，
希望寶瓶文化推出的每一本書，都能得到您的肯定與永遠的支持。

系列：Island 314　書名：蝴蝶的重量——奈莉．沙克絲詩選

1. 姓名：＿＿＿＿＿＿＿＿＿　性別：□男　□女

2. 生日：＿＿＿年＿＿＿月＿＿＿日

3. 教育程度：□大學以上　□大學　□專科　□高中、高職　□高中職以下

4. 職業：＿＿＿＿＿＿＿＿

5. 聯絡地址：＿＿＿＿＿＿＿＿＿＿＿＿＿＿＿＿＿＿＿＿＿＿＿＿＿＿

聯絡電話：＿＿＿＿＿＿＿＿＿　手機：＿＿＿＿＿＿＿＿＿

6. E-mail信箱：＿＿＿＿＿＿＿＿＿＿＿＿＿＿＿＿＿＿＿

□同意　□不同意　免費獲得寶瓶文化叢書訊息

7. 購買日期：＿＿＿ 年 ＿＿＿ 月 ＿＿＿日

8. 您得知本書的管道：□報紙／雜誌　□電視／電台　□親友介紹　□逛書店　□網路
□傳單／海報　□廣告　□其他

9. 您在哪裡買到本書：□書店，店名＿＿＿＿＿＿　□劃撥　□現場活動　□贈書
□網路購書，網站名稱：＿＿＿＿＿＿＿　□其他＿＿＿＿＿＿

10. 對本書的建議：（請填代號　1. 滿意　2. 尚可　3. 再改進，請提供意見）

內容：＿＿＿＿＿＿＿＿＿＿＿＿＿＿

封面：＿＿＿＿＿＿＿＿＿＿＿＿＿＿

編排：＿＿＿＿＿＿＿＿＿＿＿＿＿＿

其他：＿＿＿＿＿＿＿＿＿＿＿＿＿＿

綜合意見：＿＿＿＿＿＿＿＿＿＿＿＿＿＿＿＿＿＿＿＿＿＿＿＿＿＿＿＿＿＿＿＿

11. 希望我們未來出版哪一類的書籍：＿＿＿＿＿＿＿＿＿＿＿＿＿＿＿＿＿＿＿

讓文字與書寫的聲音大鳴大放

寶瓶文化事業股份有限公司

（請沿此虛線剪下）

廣　告　回　函
北區郵政管理局登記
證北台字15345號
免貼郵票

寶瓶文化事業股份有限公司　收

110台北市信義區基隆路一段180號8樓

8F,180 KEELUNG RD.,SEC.1,

TAIPEI.(110)TAIWAN R.O.C.

（請沿虛線對折後寄回，或傳真至02-27495072。謝謝）